中国科幻精品屋系列②

金 涛 总策划

海底恐龙

饶忠华 主编

科学普及出版社
·北 京·

图书在版编目（CIP）数据

海底恐龙／饶忠华主编．—北京：科学普及出版社，2018.3
（中国科幻精品屋系列）
ISBN 978-7-110-09295-8

Ⅰ．①海… Ⅱ．①饶… Ⅲ．①科学幻想小说－小说集－中国－当代 Ⅳ．①I247.7

中国版本图书馆 CIP 数据核字（2016）第 026631 号

策划编辑　徐扬科
责任编辑　金　陵　许　倩
装帧设计　青鸟意讯艺术设计
插　　图　范国静　赵连花　郭　芳　刘小匣　刘　正
责任校对　焦　宁
责任印制　徐　飞

出　　版　科学普及出版社
发　　行　中国科学技术出版社发行部
地　　址　北京市海淀区中关村南大街 16 号
邮　　编　100081
发行电话　010-63583170
传　　真　010-62173081
网　　址　http://www.cspbooks.com.cn

开　　本　710mm×1000mm　1/16
字　　数　180 千字
印　　张　13.5
版　　次　2018 年 3 月第 1 版
印　　次　2018 年 3 月第 1 次印刷
印　　刷　北京盛通印刷股份有限公司

书　　号　ISBN 978-7-110-09295-8/I·465
定　　价　35.00 元

序

世界上有很多人会做奇怪的梦，他们的梦又奇妙，又好玩。

在梦中，他们乘坐宇宙飞船，冲出大气层，飞上月球，飞向遥远的星座，甚至在银河的小行星上盖了房子，建了许多工厂和雄伟的城市。但是他们很快遇到了麻烦，宇宙大爆炸的冲击波毁灭了他们的家园，于是劫后的幸存者驾着飞船，成为孤独的漂泊者。

在梦中，他们像鱼儿一样潜入海洋，在深深的海底开采矿床，建造海底城市，也建成了海军基地和强大的舰队。正当他们雄心勃勃地扩张地盘、争夺海底富饶的钻石矿时，一场可怕的大地震爆发了，于是山崩地裂，海水沸腾，谁能逃过这场浩劫呢？

在梦中，他们进入了很深的地底下，居然发现地球内部还有一个世外“桃花源”，芳草鲜美，落英缤纷。那里的人像袋鼠一样跳跃走路，住在黑暗的洞穴里，有嘴却不会说话，只能用双手比画几下进行对话，如同人类聋哑人的“手语”，据说这是在地层高压下长期进化的结果。遗传学家考察后发现，这些地底下的聋哑人竟然和我们有相同的基因。

在梦中，机器人部队排成战列，每个机器人士兵都拿着激光枪和锋利的光子匕首，向着古老的城堡发起进攻，那是外星人盘踞的城堡，他们也不甘示弱，从城堡的枪眼里喷出的高温毒液，形成一片炽热的火海……

当然，还有很多梦，既稀奇又令人兴奋。比如：许多可怕的至今无法治愈的疾病，终于找到了特效药；分子型的微型机器人医生从血管、从食道进入人体的内脏，清除病灶、消灭隐患，创造了一个个生命奇迹。

还有很多很多，都是科学技术的新发明带来的惊人变化、创造的一个个人间奇迹，不用一一列举了。

这些梦，看似异想天开、玄妙荒诞，却也令人震撼、趣味无穷，它们写成小说就是科学幻想小说（也称科学小说），拍成电影就是脍炙人口的科幻电影。我相信，这是你们最喜欢的。

摆在你们面前的这部“中国科幻精品屋系列”，就是我国100多年来科幻小说的集中展示.它是由几代科幻作家，在不同历史时期，伴随科学技术的进步而创作的，也从一个层面反映了科幻小说家对于科学技术发明的殷切期望和美好向往。这里面多是描写科学技术的进步给人类带来的福祉，也有对科学技术成果滥用的忧虑。

这套书有一个很突出的特点：2000多篇作品，2000多个故事，时间跨度100多年，是按时间顺序编排的。阿拉伯文学中的经典作品叫作《一千零一夜》，这套“中国科幻精品屋系列”可以称作中国科幻的“一千零一夜”了。

这种分类方法一个很突出的特点，是可以很清晰地看到，中国科幻小说的题材与现当代科学技术的发明和传播相互之间密不可分的关系。这也说明，科幻小说尽管是幻想的文学，但它仍然植根于现实的大地之上。

我还想再补充一点，阅读科幻小说（以及看科幻电影），最大的收获不仅仅是长知识，而是增强你的想象力，这是训练一个人创造力的重要途径。“想象力比知识更重要”，这个观念已经被无数事实证明是有道理的。这方面的体验，只有通过阅读，不间断的、广泛的阅读，才能领会。

最后，我要感谢丛书主编饶忠华兄，并且特别感谢多年来支持丛书出版的科学普及出版社以及为此付出辛勤劳动的编辑们。

金　涛

2017年10月20日

目录

致作者

1997年起此套丛书在我社陆续出版，由于年代久远，有些文章作者的署名及联络方式已无从查考，故烦请相关作者与我们联系，我们将妥善解决署名及稿费事宜。

深入狼穴

嵇　鸿

大威带着弹弓到郊外去打鸟，他出门就碰上了弟弟。弟弟手里拿着一只比玻璃弹子还小的金属小方匣，他说，这东西是方伯伯借给他玩的。大威不信，到招待所去找方伯伯，结果没有找到，大威就把这东西放进口袋，打鸟去了。

树林里，小鸟在叽叽喳喳地叫着。大威从口袋里摸出一颗“子弹”，扣上弹弓，“啪”地射了出去。可惜没有打中，树枝上的鸟都飞走了。

“好险呀！”大威听到背后有人说话，回过头来一看，方伯伯牵着一只灰色大猎狗，正在一步步地走来。

“你是来要回那个小方匣的吧？”大威马上猜到方伯伯的来意，可是一个疑问随即产生了：方伯伯怎么会知道我在这里呢？大威一摸口袋，袋里全是些小石子，小方匣不在了。

方伯伯捋起袖子看了看表，然后不慌不忙地在一个树根边的草丛里拾起了那个小方匣。原来，大威刚才打鸟时，误把小方匣当子弹射出去了。可是，方伯伯怎么会轻而易举地找到的呢？

方伯伯将大灰狗拴在桦树旁，拉着大威坐了下来。他用手指着这个小方匣说：“这不过是一架小小的无线电发射机，小得出奇，不怕震动，能永远自动地发射出一定波长的电波。”他又捋起袖子，露出手腕上的一个方形小机器，样子和一只手表差不多，不过指针特别细，那光滑的平面上，还画着极复杂的线条、符号和数字。他说：“这是一架无线电接收机，当它接收到那小方匣所发射的电波时，机盘上的指针便立刻把发射机的方向、位置清楚地指示出来了。”

方伯伯将小方匣塞进大灰狗的耳朵里，然后解开了它的嘴套和皮带，又摸出一支短小的手枪，向它晃了晃。那大灰狗便“呼”的一声跑得无影无踪了。

“狼带着这小小侦察兵回到深山里去了！”方伯伯见大威迷惑的样子，便接着说：“狼是群居的，这只狼能把狼集居的巢穴报告给我。我放掉一只狼，却是为了要捉到大批的狼啊！”大威这才知道，原来方伯伯的大灰狗是一只狼。

几天后，方伯伯和大威等四个人到深山去捉狼。方伯伯他们都拿着一种最厉害的猎枪，它发射的不是子弹，而是电波，射出的强烈电波，能使野兽完全麻木瘫痪。方伯伯不时看看手腕上的“表”，来到一个岩洞前，说道：“狼群就在里面。”

方伯伯用电波枪向岩洞里开了一枪，只听得一阵凄厉的嚎叫，接着，狼群就从里面直冲出来。这时，除了大威紧靠方伯伯以外，其余三人从各个方向用电波枪对准狼群发射，所有的狼全都瘫痪似的倒伏在地上，不能动弹了。

方伯伯蹲下来，从一只狼的耳朵里取出了那个小方匣，高兴地说：“这神奇的小侦察兵已经出色地完成了它的任务啦！”

《儿童时代》，1963年第2期

神秘的小坦克

嵇　鸿

黄明用木头做了一辆坦克，打算用油漆把它涂得更加漂亮些。他忽然想起爸爸最近在搞什么“涂料”，于是就从窗口爬进了爸爸的实验室。在玻璃橱里，他发现了一个罐子，上面的标签写的是

“特殊涂料”。

黄明把“特殊涂料”在小坦克上涂了个遍。可是他失望了，原来这种涂料一点颜色也没有，就像一层透明的油。他决定上朋友家去要一点儿油漆来重新涂一遍。

不到半个钟头，黄明提着一罐油漆回来了。才到门口，看见弟弟正拿着他的小坦克在玩哩。黄明急忙喊：“谁叫你动我的坦克啊！快还给我！”

弟弟顽皮地眨了眨眼，举起小坦克就逃。

“还给我！”黄明边追边喊。

弟弟眼看快要被追上了，就将小坦克向草地上一扔。可是奇怪的事情发生了——小坦克忽然失踪啦。

弟弟知道闯了祸，急忙寻找。

“在这儿呐！”弟弟突然高声叫起来，“小坦克变得同草一样绿油油的啦！”

弟弟把小坦克拾了起来，奇怪的事情又发生了——小坦克立刻恢复了原来的颜色。

“真是怪事！”黄明说，“快告诉妈妈去！”

妈妈正在花圃里浇水。黄明弟兄俩抢着把刚才发生的事告诉妈妈，并试验给妈妈看，一失手，小坦克落在花圃的草丛里，立刻又不见了。

这一回，他们已经有了经验，就在绿色的草丛里找，可是哪儿也没有找到。最后还是被妈妈发现了，小坦克躲在一丛玫瑰花中间，颜色变得和玫瑰花一样红了。现在他们才明白，这完全是涂料在作怪。

但是“特殊涂料”怎么会变色的呢？黄明决定请爸爸告诉他关于涂料的秘密。

爸爸把黄明带进了实验室，指着浸在瓶子里的一只动物说：

“这是一种有趣的动物，名字叫‘避役’，生长在非洲，通常叫它变色龙。它躲在草丛里，身体立刻变成草绿色；躲在红花丛里，立刻又会变成红色。书上把它称作‘非洲魔术师’。”

黄明恍然大悟：“这涂料一定是用变色龙的色素制成的吧？”

“对，我把变色龙的皮肤细胞培养在一种液体里，让它们好像生活在变色龙的身上一样。”

“这种变色的细胞离开了变色龙的身体，怎么还会变色呢？”

“这正像我们的皮肤一样，”爸爸指指黄明的手臂说，“皮肤晒了太阳会变黑。如果一块皮肤离开了人体但还没有死去，它同样会被太阳晒黑的。”

“爸爸，你这一罐子涂料要割多少变色龙皮肤啊？”

“不，”爸爸笑着说，“我不但让这些变色细胞活着，还叫它们繁殖，很快很快地繁殖！”

爸爸说：“变色龙只有红、黄、赭、绿四种色素，所以这种涂料只能变四种颜色。”

不久，黄明的爸爸带他到深山里去探险，这是他最兴奋的一天。他们各自穿着一件蒙着头的大罩衫，只露出两只眼睛。罩衫的外表涂着万能特殊涂料，它能够变出极复杂的颜色。他们坐在草丛里，几乎不能互相辨认。

爸爸是个动物学家，这一次他利用自己发明的涂料，到深山里来观察野兽的生活。

突然，一只梅花鹿从岩石后面窜出来，掠过黄明的肩膀。山石后面随即又出现了一只大狗熊，闪动着碧绿的眼睛，嗅着鼻子，向他们跑来。黄明不觉轻轻地叫了声：“哎呀！”爸爸轻声说：“别怕，狗熊是看不见我们的。”

爸爸说完马上从口袋里掏出一个小瓶子，揭开瓶盖，里面的气味立即散发出来。大狗熊突然惊慌起来，急忙扭转身躯逃跑了。

爸爸告诉黄明，小瓶子里散发出来的是一种狮子身上的气味，大狗熊嗅到了这种气味，就立刻逃跑了。

黄明跟随着爸爸，一会儿潜伏在草丛里，一会儿混在乱石堆里，一会儿又蹲在灌木丛里，他们身上的衣服，随着不同的环境而变化着颜色，所以各种野兽都没有发现他们。

经过这一次深山探险，黄明对“万能特殊涂料”更有兴趣了。

《神秘的小坦克》，江苏人民出版社，1963年3月

老医生的帽子

嵇　鸿

在泉生家的隔壁住着一个老医生，他除了上研究所外，整天待在自己的实验室里，搞一些别人不懂的玩意儿。

暑假里，有一天泉生走到老医生实验室的窗口，看到他头上戴着一顶满是触须的帽子，并且在看一面“镜子”。“老医生，您在做什么？”泉生禁不住叫了起来。

老医生招呼泉生进去：“你想试试吗？”泉生戴上这顶奇怪的帽子，在帽子前面原先以为是镜子的一块不透明的玻璃上，看到了许多细小的符号。泉生心想：“这是电视机吗？”没等泉生开口，老医生就说了：“这不是电视机，这是一台特殊的仪器。”泉生心里好生奇怪：“我没有说出口，你怎么知道啦？”老医生又说：“这实在是个闷葫芦呀，现在赶快解开，否则可要把你闷坏啦！”

老医生小心地把“帽子”从泉生头上摘下来，告诉泉生说：“大脑皮层里有100多亿个脑细胞，在大脑活动的时候，脑细胞会

产生一种脑电波，这顶帽子就叫脑电波接收器，通过帽子上的金属触须将脑电波发射出去，由‘电视机’接收下来，在荧光屏上显示出来，上面那些细小的符号，就是脑细胞活动时发出的脑电波。经过无数次实验，根据这些符号，我就能知道你脑子里正在想些什么。”

“噢，原来是这样。那么，这东西有些啥用场呢？”

“这台仪器的用处可大了，可以用来治病，还可以用来指导学生读书。如有的小朋友演算复杂的算术题感到非常困难，这是由于他的学习方法不对头，用这台仪器可以指导他开动脑筋。”

泉生对此感到十分新鲜。

暑假快结束了，泉生想写一篇作文，题目叫《暑期见闻》，但怎么也写不出来。忽然他想起老医生曾经给他讲过那台仪器可以指导学生开动脑筋的事，就马上去找老医生。

老医生又让泉生戴上那顶“帽子”，并坐在他的旁边，对他说：“现在你开始用心思考。”一会儿，老医生又说：“你思想不集中。”这时，泉生想起了暑期里划船、踢足球……老医生又开口了：“暂时别往下想了，见闻要写别人的事，划船、踢足球是你自己的事。”

泉生暗忖：“见到和听到一些什么呢？对了，有一次在农村看见田里收割小麦的机器是无人驾驶的，一眨眼工夫就割了一大片，以后全国各地农村耕地、播种……全要用无人驾驶机器，这才好呢！”

老医生马上说：“对了，想一些有意义的事。”回家后，泉生把这篇作文写了出来。开学后，老师看了，夸奖他有很大进步。泉生想：这仪器真行！

《神秘的小坦克》，江苏人民出版社，1963年3月

奇怪的猎人

嵇　鸿

公社来了一支捕猎队。他们一不带猎枪，二不带猎狗，那怎么能捕到野兽呢？盘生很想弄个明白。

这天夜里，从捕猎队住的院子里传来了一阵阵野兽的怪叫声。盘生心想：大概是叔叔们把野兽捉来了。他就轻手轻脚地推开捕猎队的房门，只见叔叔们围着桌子，正在拨弄着一只小盒子，从盒子里发出一阵阵野兽的叫声，有的像发怒的老虎在咆哮，有的像受伤的狼在嚎叫……盘生好奇地问叔叔："这是半导体收音机吗？"其中有位叔叔回答说："不，这是录音机，我们正在听野兽说话呢。"野兽还会像人一样说话？盘生真有点不相信。

过了几天，捕猎队进山去捕野兽了，盘生也跟着一块儿去了。他和一位叔叔埋伏在一块大石头底下，这时从远处传来了一群狼的叫声，叔叔一边打开小盒子，一边说："把狼叫来。""狼真的会来吗？"盘生正在将信将疑的时候，果然来了二三十只狼，它们已嗅到了人的气味，渐渐向他们逼近过来，有一只狼被自动捕兽器逮住了，然而其他的狼并不因为同伙被捉而害怕，仍然伸着鲜红的舌头直奔他们埋伏的地方。正在危险的当口，小盒子里发出了一声狼的嚎叫。真怪！狼群突然四散逃窜，一会儿就跑得无影无踪了。这时盘生才相信野兽真的也会讲话。

这天捕猎队捕到了好多野兽，有熊、狼、豹、猴……分别关在笼子里。这下子可忙坏了叔叔们，一会儿把小盒子放在关猴子的笼子旁边，一会儿又把小盒子放在关狼的笼子旁边，说是要把野兽说的话记录下来。盘生看得连晚饭都顾不上吃了。可是，不知怎么，过了几天，叔叔们又把野兽全都放回密林里去了，还说要带盘生到山里去看“虎豹大战”呢。

几天以后，盘生跟叔叔们来到一个山冈上，有一位叔叔打开一只方形盒子，盒盖底下是面镜子，正好竖立在盒子的一边。

奇怪的事情发生了：镜子里出现了一片密林，一只豹子小得像一粒黄豆，正从密林里钻出来。不久，在山冈下面的林子里来

了一只金钱豹，它弓起背，显出十分吃惊的样子，原来有一只老虎正在一步步逼近它。虎豹大战真的开始了。经过一番激烈的搏斗，豹开始占了上风，老虎有些力怯了。忽然四面八方传来了老虎的咆哮声，豹显得十分惊慌，蹿到树上逃走了，老虎也向密林的深处走去。“虎豹大战”就此结束。

盘生几乎看愣了眼，不明白老虎和豹为什么会自动来会面。有位叔叔就告诉盘生说：“这只方形的盒子是几种仪器的综合体，当里面的录音机放出野兽的叫声时，另一种仪器就把野兽的叫声变成电流，发射到很远很远的地方，把豹和老虎招来。那面镜子其实是荧光屏，通过摄像机把虎豹的形象摄下来，变成电波送到这个方形盒子里来，盒子里的仪器又把电流变成图像，在镜子里反映出来。后来四面八方的老虎咆哮声也是从仪器中发出的。”“原来是这样。”盘生这时才完全弄清楚了。

《神秘的小坦克》，江苏人民出版社，1963年3月

一颗没有发芽的种子

童恩正

院子里住着三个孩子——小红、小胖和豆豆，他们都很敬仰三楼的杨伯伯。杨伯伯是一位农学家，他虽然很忙，但只要一有空，准得和小红他们玩上半天。

小红、小胖和豆豆都是有志气的孩子，他们都想和杨伯伯一样当个农学家。有一天，杨伯伯送给他们三颗像小核桃那么大的玉米种子，一人一颗，让他们先种上试试，看谁种得好。

豆豆是个细心的孩子，他怕将来分不清哪颗玉米是自己种的，所以在播种时，把一张漂亮的包糖纸盖在种子上，一起埋到了泥土

里。到了第三、第四天，小红和小胖的玉米都冒出了绿芽；可是到了第六天，豆豆的玉米还是没长出来。豆豆伤心地哭了，杨伯伯也感到奇怪。因为这批种子都是精选过的呀！

杨伯伯蹲下来，小心地把土刨开，这才发现豆豆埋下的那张包糖纸刚好把种子盖住了。忽然，他像想起了什么似的，对豆豆说："你这颗没有发芽的种子给了我很大的启发，现在我要开始一次新的试验了。"

1年后，杨伯伯带着三个孩子来到研究所的试验田里，孩子们看到一行行十分整齐的大豆苗儿，都栽在一条条宽约15厘米的透明塑料膜上，田里看不到一根杂草。每隔一定的距离，塑料膜上就有一个小洞，大豆的茎就是从小洞里伸出来的。

杨伯伯说："那天，我看到豆豆的玉米因为盖上了纸没有发芽，于是就想到，利用这种方法不是可以阻止田里杂草发芽了吗？这种塑料膜质地坚韧，不怕风吹雨淋，所以杂草的种子钻不出来。但是每隔一定的距离，膜上就有一个小洞，把作物种子播种在这个洞里，它们就可以长出来了。将塑料膜盖在地上后，不光可以消灭杂草，还可以使土壤的水分减少蒸发，使土壤的温度提高1℃左右。这对植物的生长都是有利的。同时，塑料膜上还涂有一种药物，可以杀死田里的害虫。因此，这片铺了塑料膜的大豆就长得特别好了。"

"这样种豆是不是太麻烦了？"小红问道。

杨伯伯笑了笑，把他们带到另一块田里。

只见一部拖拉机的后面，拖着一架机器。当拖拉机开动的时候，10条打好了孔的塑料膜同时从机器里吐出来，均匀地铺在地上；同时，另外一排漏斗状的尖嘴立刻往这些洞里填进几颗种子。

这一切工作只在一瞬间就完成了。

"多么好啊！"孩子们都高兴地拍起手来。

《儿童时代》，1963年第7期

起死回生的手杖

迟叔昌

七月底，太阳当顶的时候，又闷又热。

张队长他们飞快地骑着自行车，赶到火车站提货，打开车厢一看，发现四十头大白肥猪全都死掉了！

张队长立即打电话，质问发货人。对方回答：种猪健康情况正常，照料种猪的技术员乘客车随后就到。张队长立即赶到车站去找技术员。

四十头死猪已经卸下，横七竖八地躺在铁路旁边。一个青年拿着一根尖头手杖指指点点，跟围着看热闹的孩子们说笑着。张队长见他儿子宝山手里拿着一个桂圆大的泥球，也混在孩子堆里，他不由怒火升起，打落了儿子手里的玩意儿。泥球落在地上，裂成两半，滚出三条半死不活的青虫和一条又白又肥的蛆虫似的虫子。

青年用手杖的尖头拨拨虫子说：“这个小罐儿是蜾蠃的育婴室，又白又肥的虫子就是蜾蠃的幼虫。三条青虫名叫螟蛉，是蜾蠃幼虫的食物。蜾蠃妈妈用尾巴上的针给捕来的螟蛉打了一针，使它麻醉，半死不活，既不会逃跑，又不会腐烂发臭。蜾蠃的幼虫就一直可以吃新鲜的活螟蛉，养得又白又肥。”

原来这个青年就是张队长要找的技术员孙青。他请张队长验收，可是张队长拒绝签收，因为种猪全死了。

孙青把手杖尖头捅进了一头死猪的鼻孔里。奇怪，这头死猪睁开眼睛，抖动身子，四条腿一挺，站起来了。四头、八头、十五头……被手杖尖头捅过的肥猪全活了，到处乱窜，这可忙坏了张队长他们。

可是，张队长还是拒绝签收——谁知捅醒来的猪能活多久呢？

孙青帮张队长赶猪回队。在路上，他揭示了其中的奥秘：用电针刺激猪的昏针穴，使它麻醉昏睡过去，像死了一般。再用高频电流刺激猪的鼻孔，它就活过来了。他手里拿的手杖不是魔棒，只是头上装了个高频电流发生器罢了。

猪施行了这种完全无害的麻醉手术，就像被麻醉的螟蛉一样，在途中既不用吃东西，又不会得病死去，真是一举两得。

宝山说：“这方法是跟蜾蠃学的吧？”

孙青摸了摸宝山的小脑袋，肯定地说：“探索大自然的秘密，运用大自然的法则来改造大自然，正是我们科学工作者的目的。”

张队长听了暗暗赞服。这时，他不但爱上乱窜乱撞的肥猪，还爱上了这位见多识广的青年技术员。

《大鲸牧场》，中国少年儿童出版社，1963年5月

冻虾和冻人

迟叔昌

日本神户贸易公司经理甘栗太郎接到一份电报，大意是：中国出口的对虾，每对合人民币0.6元，保险费在内。

他非常纳闷：为什么对虾的价钱比去年提高了一倍呢？几经查询，他终于了解到：这是活对虾。对虾这东西一离开海水就死，难道运送对虾的东风轮有巨大的养虾池不成？！

4月28日，高挂着五星红旗的巨型原子能冷藏船东风轮驶进神户。甘栗太郎等登上巨轮后，心里充满疑虑：冷冻的虾怎么能保持生命呢？随船技师常鹤年好像看透了他们的心思，从冷藏库里取出一对冻对虾，放进一个盛着盐水的玻璃缸里。奇怪的事情发生了，才过了半分钟，对虾在水里游动起来了！

钦佩之余，甘栗太郎问道："冻对虾怎能复活呢？"

常鹤年解释说："低温不会损害生命，损害生命的是冰。细胞里结了冰，冰就会把细胞壁胀破，生命当然也就结束了，这是一。第二，细胞里的主要成分是蛋白质和水。水结成冰，还能化成水，可是蛋白质却挤成硬块，无法复原，生物也就不能复原了。搞清楚了冷冻时冰是损害生命的唯一原因，再想尽一切办法，使对虾在冷冻时体内的水不能结成冰。"

"冻而不冰，这倒是件难办的事。"日本商人说。

常鹤年解释说："我们采用超低温速冻的办法，在极短促的时间内，使水分子停止活动，它们来不及聚集在一起，就冻结了。这时，冻虾体内的水处在过冷状态中，只要贮藏在普通冷藏库里，就可以保持生命。"

甘栗太郎听了，要求参观东风轮。常鹤年带领他们来到了超低温速冻车间，速冻车间大门紧闭着。常鹤年说，因为全部自动化，无须工作人员；大门封闭，则有利于保持车间内部的超低温。常鹤年又说："如果有兴趣，东风轮以后还可以运来活带鱼、活黄鱼等。"日本商人听了，满脸笑容，对常鹤年深深地行了个九十度的鞠躬礼。

20年以后，东风轮开进船坞，彻底检修。人们打开20年来从未打开过的超低温速冻车间大门，发现了一个看样子40岁左右、衣衫褴褛的冻人。送到医院急救治疗后，这位冻人竟然像冻虾似的活转来了！

这个冻人叫长谷川仁利，是个工人，在一个黑夜里跌进了太平洋中，和小黄鱼一起被东风轮船头的喇叭口吸进了速冻车间。这样，他就在里面整整睡了20年。

在中国休养了一段时间后，长谷川仁利被送回日本，同家人团聚。日本各报都刊登了这条消息，还附着他一家人的照片。有一家报社特地为这件事发表了一篇专论。

3个月以后，新华社发表了一件震撼全世界的消息：到半人马座α星去的恒星际飞船中国号，比原计划提前20年起航。

按地球上的时间计算，飞船往返一趟半人马座α星得42年。庞大的宇宙飞船早已设计好了，可是有个难题还没解决：飞船里的驾驶员和科学工作者，怎能在宇宙航行中度过42年呢？有人建议采用生命冷藏的办法。可是，人的生命经过了42年的长期冷藏，能复活吗？正在这时，“冻人”长谷川仁利的出现，让这个问题迎刃而解。于是，人们立即建造访问半人马座α星的恒星际宇宙飞船，而且提前20年起飞了。

新华社的消息说，宇宙飞船上有驾驶员和科学工作者10人，进入太空后，全部进入生命冷藏状态。42年以后，地球上的人们将迎接他们胜利归来。

《大鲸牧场》，中国少年儿童出版社，1963年5月

“科学怪人”的奇想

迟叔昌

我去采访已经退休的莫教授，请他谈谈40年教学工作的体会。他却老爱扯到他的学生呼延爱莲。最后，他干脆拿出呼延爱莲写给他的信来给我看。

在第一封信里，呼延爱莲写道：我在闹情绪。在火车上，我想到了海南岛以后的不平凡的生活。可是，一切梦想都落空了。我被分配到一个“微量金属提炼公司”工作。叫一个学生物的来提炼金属，岂不是天大的笑话！唉，一切理想都完了，要改行了。

隔了3天，呼延爱莲写了第二封信：厂长给了我一叠文件。文件叙述了这样一件事——“科学怪人”桑德煌曾留学某国，专攻生物，回国后在伪中央研究院工作。他两次提出申请，要求成立生物炼矿研究室，开展生物炼矿的研究工作。他举例说明，生物体有积聚某种元素的奇妙能力；可以利用这种能力，提炼含量微小的某种矿物。可是，他竟被斥为“异想天开，荒唐已极”“哗众取宠，沽名钓誉”。桑德煌在绝望中跳岩自杀了。这件事发生在1941年，厂长要我读这桩30多年前的公案，是什么意思呢？我又惊奇地发现：厂长和“科学怪人”的名字只相差一个字，他叫桑德辉。

读完信，莫教授向我解释：“‘科学怪人’的生物炼矿不是空想。”他举了一些例子：从名叫五月金龟子的甲虫灰里，可以提炼出微量黄金；苏联高加索产的一种蜂蜜中含有金属钼；番茄能聚集白银；三色堇能聚集锌……“科学怪人”的梦想已经实现了。

呼延爱莲在第三封信中写道：疑团已经冰释。“微量金属提炼公司”正在进行一项“科学怪人”所说的“生物炼矿”工作，厂长

桑德辉就是“科学怪人”的亲弟弟。公司正在利用海参的“血液”来炼钒，已经生产3年了。目前碰到了难题：如何进一步提高海参“血液”中的含钒量？我迫切需要您的指导。

莫教授回信告诉呼延爱莲：用含钒比较多一点的饲料来饲养海参，也许能提高海参“血液”中的含钒量。

隔了4个月，呼延爱莲才写了第四封信：您的指示给了我极大的启发。我们把铁矿附近长的草腐熟之后，喂给海参吃，果然，海参“血液”的含钒量提高了，达到了12%。在工作中，我又想到了一个新的课题：海参的饲养期是3年，如果能缩短海参的饲养时间，不就可以增加钒的产量了吗？

“后来呢？”我读完信，急急地问。

莫教授把我引进隔壁的小屋子里，给我看了第五封信。他揿一下小屋子里电影机上的按钮，挂在墙壁上的银幕上出现了眉清目秀的呼延爱莲、桑德辉、工厂的实验室、饲养在玻璃缸里的海参。还出现了这样有趣的镜头：海底，无数海参正在游动着，突然一条鱼张着大嘴游来。海参身子向后一缩，嘴里吐出一段东西。那鱼咬住那段东西游开了，海参却依然躺在海底。呼延爱莲解释说：海参受到突然的刺激，会把全部内脏，包括所有的“血液”全吐出来。我们利用海参的这个生理特性，刺激它们，让它们吐出内脏，再用这些内脏来炼钒。海参要饲养3年才能长足，而再生一副内脏，却只要1年工夫，这不等于缩短了海参的饲养期，提高钒的产量了吗？

呼延爱莲向我们敬了个礼，电影——不，这第五封信完了。

《大鲸牧场》，中国少年儿童出版社，1963年5月

蓝色列车

刘兴诗

不久前，从辽宁旅顺一直到山东蓬莱的海底，建成了一条密不透风的塑料通道。现在，我有机会作为这条刚完工的海底铁道的旅客和访问者，能不为此感到高兴吗？！

10点整，我最后望了一眼海面的景色，通过直达海底的玻璃走廊，登上了向往已久的海底列车。

列车缓缓地驶出站台后，窗外闪过一片像甘蔗叶片似的海带丛

林，各式各样的鱼群像鸟儿似的不停地从窗外掠过……这真是一个奇异的世界！

过了不久，我在海带丛林里看到一台巨大的收割机。一个戴着氧气面罩的拖拉机手正坐在上面收割海带，海带堆得像小山一样高，许多鱼儿在海带堆里游来游去。

坐在我身旁的一位旅客是海底牧场的管理员。我好奇地问道：“为什么要在这里办牧场，在草原上不是更好一些吗？”

“不，海草的营养要比普通牧草丰富得多，在这里没有寄生菌，还不用担心狼群。”

我望着窗外到处弥漫的海水，继续问道：“在这里，难道牲口的肺都变成鳃了吗？”

他听了，哈哈大笑：“不！我们用活动充气墙把海底牧场围起后，把里面的海水全抽光，再灌进空气，用灯光制造人工白天和黑夜，严格控制牲口的活动和睡眠。一个地方的海草吃完了，还可以转移到另一块地方去。”

原来，他们过的是海底游牧生活。

列车在朦胧的海底不停地向前疾驰，我靠着柔软的椅背，不知不觉地睡着了。突然，一阵像闷雷似的低沉声音把我从睡梦中惊醒过来。海面上起风暴了！这场风暴一直在我们头上嗡嗡不息地吵闹了2个多小时。

列车驶过了海葵站、鱼厂站、铁矿山站，快到牧场站时，风暴才平息了下来。

牧场站真是别有一番风光。在罩着玻璃天幕、排除了海水的泥地上，一群群奶牛低着头，悠闲自在地在那里吃着海草。太阳灯把四周照耀得如同白昼一样。

这时，我身旁的那位旅客戴起氧气面罩下了列车，向海水深处走去。见此情景，我不禁兴奋地思索着："海底，这新的陆地，将会给人类带来多么丰富的礼物啊！"

《失去的记忆》，少年儿童出版社，1963年5月

烟海蔗林

一 帜

老同学赵维发来一封电报，邀我去共度周末，并且参观一下他们的研究成果。我驾驶着一架微型飞机出发了。在半路上，我才发现忘了带那份电报，只记得他在包头市郊甘蔗园的一个研究所工作，但详细地址忘了。看来，只能先飞到包头再说了。

飞机在包头市郊兜了一圈，我连一棵甘蔗也没找到，更不要说什么甘蔗园了。我绝望地准备返航，但一想不妨从空中鸟瞰一番，浏览一下这座钢铁城市，也不虚此行。

在烟囱密集的工业区，只见天空中飘浮着点点白云般的团块。当飞机靠近这些白色团块时，我才看清，原来它们的上部呈圆面包状，底面中心有一根柱子，和下部一个尖端向下的圆锥形大圆桶相连。看起来活像一个大蘑菇。

这时，耳机里传来了"单人客机注意！请你升高100米，以免发生危险"的呼叫声。我就老老实实地照办了。在高空中，只见成群结队的飞行着的"蘑菇"向一个广场聚集而去。不知它们是去干什么的，我为了看得更清楚些，不由得降低了飞行高度，飞机离一些"蘑菇"已经很近了。突然，有一个"蘑菇"向我直扑而来，使我大吃一惊。幸亏我马上翻了一个跟斗向上一蹿，才算没有被它撞着。可是危险还没有过去，又有两个"蘑菇"尾随而来。正在我束手无策的时候，耳机中又传来了"关掉发动机"的呼叫声。我来不

及考虑，就关掉了发动机，借助惯性，降落在广场上。广场上排列着许多圆筒，一个个“蘑菇”下部圆锥筒的尖端正好插入筒中，圆筒的另一端由运输管向远处汇集。

我惊魂未定地打量着自己的四周，突然发现，前面小亭子里有位青年技术员在向我打着招呼。我急忙过去询问：“这些怪物是什么东西啊！怎么老是盯住我不放。”他告诉我：“它们里面装有热敏电阻控制方向的装置，它们就会自己去找烟囱了！”现在，我才明白为什么关掉发动机，它们就不再追了。正在这时，小亭子里的电话铃响了，原来是赵维打电话来找我。我立即把飞机当作汽车，向老赵的办公楼疾驶而去。

老赵把我领进他的办公室。我好奇地问道：“听说你在搞制糖，怎么现在搞起种‘蘑菇’来了？”老赵回答说：“这‘蘑菇’就是制糖机。”他指着一个对半剖开的大“蘑菇”模型对我说：“你看，下面这个圆锥形筒，内部由一个尖端向下的漏斗形的弹性膜分成上下两部分。开始时，下面储水，水顺着周围的小管虹吸上去，再经这个中间柱状的连接部分送上去，把水送至蘑菇的顶部，顶部除了最表面以外，中间都是空的，里面充满了水、二氧化碳和氧气。在顶部的表面敷设了许多特制的日光电池，它们能把日光能变成电能，用于分解水和二氧化碳，再使氧、氢和碳化合成糖。”真是绝妙的主意啊！听完了老赵的叙述，我不禁拍案叫绝。

晚上，我就在老赵家吃饭。饭菜非常丰富，但大部分都是甜食，原来都是用糖制成的。

《失去的记忆》，少年儿童出版社，1963年5月

乡村医生

刘兴诗

东风公社一连给我们医学院写了几封信，要我们立刻派一个医生去支援他们。于是，我们就赶着送去了刚试制成的检索式自动诊疗机。为了检查这台自动诊疗机的效果，我和斯兰一同来到了东风公社。

我们打开箱子，取出一台像冰箱一样的机器，上面有“乡村医生”四个金字，还有许多红红绿绿的指示灯泡。一个小伙子走到机器前，想试一试，斯兰便扭动开关，从机器右面伸出一只钳着温度表的金属手，柜子里传出一个姑娘的声音：“请您试试温度。”几分钟后，金属手从小伙子口中取出温度表，在一张记录表的“体温”项下印着39℃。接着，机器又从左边伸出一只金属手，“请您试试脉搏。”一会儿，在记录表上便打印出：“每分钟92次。”之后，机器又给这位小伙子检查了心脏、舌苔、喉管、眼球……整整花了一个半小时。诊断的结果是：这位小伙子得了疟疾。

再扭动一下开关，机器从下面的发药口滚出一大包奎宁，还专门向小伙子介绍了服用的方法和应该注意的事项。这一天，来看病的人很多，从中午一直忙到太阳落山才歇手。

可是，这个“诊所”开业不到十天，咱们的“医生”就出娄子了。那天，来了一个姑娘和一位老大爷。斯兰打开诊疗机，对他俩一一检查，可是到了最后，发药口一粒药片也没有送出来。

我们回到学校后，大家认为这次失败的原因是仪器设计得过于简单，只是把患者的临床表现一项一项排列出来，好像生物学家鉴定动植物标本那样，但没考虑到看病比鉴定动植物标本要复杂得多。可是，我们一时又想不出解决问题的办法。听说地质队也有一位“机器医生”，于是，我和斯兰便立即赶到那里去学习。

地质队的机器医生原来是一部轻型电话式电视收发机，它是通过与基地值班医生联系来诊断和开药方的。我们从中获得了很大启发，在检索式自动诊疗器上加了一个电话式电视收发机。这样，遇到疑难杂症，就可以通过电话式电视收发机向值班医生请教。

我们把“乡村医生”改装后，拿到地质队去试了一下，效果非常好。“乡村医生”在替一个病人看病时，发生了困难，电视机的屏幕就出现了一位医生，他看了一下“乡村医生”检查的结果，又

补充地问了几个问题，最后确诊病人是患了支气管炎。

加上电话式电视收发机后，“乡村医生”便成了一部完备的诊疗仪器。我们送到东风公社后，老乡们不仅恢复了对“乡村医生”的信任，而且它的名声越来越大，周围几十里的人生了病都要来叫它诊治。现在，如果再派个医生去替换它，也许老乡们还会不答应呢！

《失去的记忆》，少年儿童出版社，1963年5月

黑龙号失踪

王国忠

夏天的深夜，甄一刚教授正在焦急地准备报告，明天他要给三千个孩子讲讲发明海底潜泳机的故事。秘书送来一份加急电报，请他明天去海军司令部，说有要事商量。

第二天，甄教授乘专机到达海军司令部。海军司令部的卫从武上校，请求甄教授协助，用海底潜泳机寻找沉没在太平洋里的黑龙号。

甄教授把一亿八千多万平方千米的太平洋分为一千个地区，让潜泳机按照地区编号顺序探索。

这天，他们来到124号地区，在太平洋底一万米深处潜行。两米见方的荧光屏上显现着海底的一切，奇异壮观。突然，荧光屏中心出现了一个小黑点，越来越大，占了荧光屏的四分之一。上校看到这么大的黑圆球，立刻怔住了。就在这时，荧光屏上的海底世界消失了，变成了一片乳白色。原来是潜泳机遇上水雷，遭到了破坏。

上校苦苦思索着新近获得的一些情报。几年来经常收听到太平洋地区的密码电波，正是从124号地区发射出来的。两天前，两艘

渔轮在130号地区捕鱼，捞到了一具不明国籍的赤身裸体的死尸。解剖结果确定是一个肺鼠疫患者，在八九天以前死的。这一连串的事情，是偶然的巧合呢，还是互相联系着呢?

甄教授赶回基地，一个半月后，第二号潜泳机制成了。

晚上，第二号潜泳机进入124号地区。荧光屏上又出现了水雷的黑点。潜泳机避开水雷，又发现了一个黑点，这个黑点的后面出现了一艘庞大的沉船——黑龙号！舰身差不多有四分之一陷进泥里。

荧光屏上出现的景象使他们怔住了：七艘有透明圆屋顶的潜水艇，排成一列伏在海底。每两艘潜艇之间有一个像铜管一样的通道。圆屋顶下，可以看出有人在工作。第七艘潜艇旁边，还有一艘没有圆屋顶的、小得多的潜艇，静静地躺在海底。这些潜艇周围，可以看到许多黑色小球，这是保护潜艇的水雷网。

潜泳机悄悄地靠近观察，原来这是培植细菌的太平洋第一公司。神秘的密码正是从这里发出的。黑龙号失踪之谜终于揭开了。

《黑龙号失踪》，少年儿童出版社，1963年5月

打猎奇遇

王国忠

暑假刚开始，叶立明就邀我到他家里去玩。他爸爸是个有经验的猎人，可以教我打猎。

八月中旬，我带了双筒猎枪和许多弹药到了立明家里，迎接我的是立明的爸爸叶老爹，而立明却到城里某中学做报告去了。他是专门研究无线电的。明天晚上他才能回来。

第二天午后，叶老爹和我带着大黑狗出去打山鸡。我们来到西山的山坳口。大黑狗从乱草和矮树丛里把山鸡赶出来，我连打了四

枪，但都没有打中。叶老爹却不开枪，他说："应该让客人打下第一只，主人才能开始打，这是猎人的规矩。"

这时，天空划过了一道闪电，传来了隆隆的雷声。一会儿，豆大的雨点落了下来，我们只得躲进一个小山洞。

忽然，隐隐传来了"噼噼啪啪"的枪声；接着，又响起了"咯咯咯"的机枪声、"轰！轰！轰！"的手榴弹爆炸声。我和叶老爹你看我，我看你，都呆住了。大黑狗吓得跳了起来，"汪汪"地叫着。

"同志们，冲呀！"一个人吼叫着。"冲呀！"是几十个人的呼喊声。其中夹杂着"乒乓"的旧式盒子炮和"嘘嘘"的子弹飞过的声音。

突然，什么声音也没有了。一阵雷雨过去了，四周一片寂静。

我们好像从梦里醒来一样，脸色发白，心"突突"地跳着，垂头丧气地走回家。立明站在门口等我们，我们把刚才碰到的事情详细地告诉了他。第二天一早，立明一个人到西山山坳口察看地形，去调查这件怪事。

原来这里曾是抗日的战场，我们听到的就是那次打仗的声音。十几年前的声音，为什么能保存到今天呢？

立明解释道："一个声音发出后，就在空气里成了一圈圈的波浪传出去。科学家想办法把声音的波浪变成电流，再把这种电流变成电磁，把电磁保存在一根钢丝上……那次战斗，一定刚好碰上闪电。闪电把枪声、手榴弹声、人们的喊杀声都变成了电磁，保存在附近的矿层里了。"

我问道："山坳口真有什么钢丝吗？"

"那里的石头里含有铁质，声音被闪电保存在了这些铁质里。昨天，闪电又把铁质里的声音释放出来了。"

"这么说，那里还是一个铁矿？"我问。

立明狡黠地对我笑了笑："这就需要地质工作人员来确定了，我是学无线电的呀！"

叶老爹早已听得不耐烦了："不管怎样，这要算我一生中碰到的最稀奇的事情了。"

《黑龙号失踪》，少年儿童出版社，1963年5月

半空中的水库

王国忠

共青农场广播员诸小霞爱唱歌，可是这几天，她却沉默了。农场碰到了一件大事：缺水。

整个夏天，老天没下过一滴雨。农场周围的几个小水库，已经快干涸了。但水稻正要拔苗抽穗，棉花已结出小铃铛，果树上结满了一个个小果子，都需要水啊！水，成了个大难题。

深夜，农场办公室门口的小草地上，挤满了几十个人，讨论怎样获得充足的水。人们提出了不少意见，但都行不通，被否定了。

小霞提出，从空中得到水，让空中的水分变成雨。她说，每天早晨，稻叶上、青草上布满露水，这说明空气中有水分。能不能想个办法，把空气中的水分集中起来，变成云，再撒进干冰，使云变成雨？

团委书记、化验员朱敏支持小霞的想法。她用从冰箱里拿出来的棒冰外面的包装纸上出现一层小水珠作为例子，说明小霞的想法是有科学依据的。

大家被说服了。可是具体的办法呢？小霞和朱敏赶到城里，请物理研究所的科学家帮忙。

五天以后，农场来了三辆大汽车。小霞和朱敏请来了青年科研人员和头发花白的物理研究所所长。

所长说："小霞她们的大胆想象，启发我们找到了原子能征服天气的新方法。老天就是一年不下一滴雨，我们也不怕缺水了。"

大卡车上装着一架机器，样子就像一台小型电子计算机。所长介绍说："这台机器能放射一种强烈的射线，这种射线通过一根电缆放射到空气中，使周围600平方米的空气充电，把空气中的水分集中成小水珠；同时，通过另一根细管子，把干冰喷到小水珠中，可以使小水珠凝结成水滴落到地面来。空气中的水分永远也取不完，就像半空中有个水库一样，要多少水就可以得到多少水。"

不一会儿，汽车顶上已竖起一根高达30多米的金属杆，斜插空中。一根细细的20来米高的管子，倚在电缆旁边。汽车开进田间干道。忽然，汽车上电缆顶部出现了一大片白云，变灰、变黑，空气中的水分被射线集中起来了。这时，电缆旁边的细管子喷射出一小股白雾，这就是干冰。不一会儿，乌云密布，大雨哗哗地落在干道两边的稻田里。汽车慢慢地往前走，这片乌云就跟着汽车往前移动，雨也随着汽车下个不停。汽车顶上好似悬着个五六百立方米的小水库。

人们激动地直跳直蹦。人类凭借着自己的智慧，用新科学，从空气中“榨”出水来了。

人群里，又响起小霞嘹亮的歌声。

《黑龙号失踪》，少年儿童出版社，1963年5月

山神庙里的故事

王国忠

我和大东在小牛山一带工作，寻找庄稼不可缺少的磷肥原料。

八月，南方的大伏天，烈日烤得石头发烫，晒得人口渴唇焦。为了抓紧时间工作，几天来我们就住在小牛山的山神庙里。

公社社长老刘叔看到我们晚上在蜡烛光下整理分析样品，很不方便，特地给我们接上了电灯。不料，当天晚上，就发生了一件怪事！

半夜，我被冻醒了，大东也冷得蜷缩着身子。我们各拿了件衣服盖在身上又睡着了。哪知道第二天一早起来，我俩都伤风感冒了。我们还惊奇地发现，墙上结了白白一层霜花，杯子里的水也结上了薄薄的一层冰！

天气突然变冷了吗？我们一走出山神庙，马上就热得直喘气，背上像火燎的一样。这是怎么一回事呢？莫非山神显灵啦？！

晚上，我们怕再挨冻，只得搬到山下刘社长家里去住。我们三

个人怎么也睡不着，深更半夜还在讨论这件怪事。

第二天一清早，我和大东就到山神庙去了。一进庙，就是一股冷空气，墙上的霜花比昨天更厚，地上的几块砖头也和地面冻在一起了。

“这怪事发生在接上电灯以后，说不定和电有关系。”我毫无把握地猜测说。

大东同意我的意见，拿小刀把电线割断了。说也真怪，没有多少时间，墙上的霜花就化成了水，空气也变得暖和了。

这是什么道理呀？我用铁锤敲下墙上的一小块石头，一看，里面有灰黑色的小粒子。这墙是用小牛山上的大石块砌成的，含有灰黑色小粒子也不足为奇。再一查看，一根通进庙里的电线有一段外面的绝缘包皮破裂了，裸出的铜丝碰在墙上。我们抱着试一试的心情，用药水对小石块进行了化验，发现里面含有很多半导体——锗。锗有个怪脾气：在它身上通了电，它的一头就发热，而另一头则变冷，时间越长，就越冷。老刘叔接的电线，刚好碰在墙头上，砌墙的石块里含有许多锗，庙里的空气就变冷，一直冷到结冰。

就这样，我们白天黑夜地寻找，终于在小牛山上找到了一个含锗很丰富的矿藏。苦恼的是，我和大东却患了重伤风，好几天都鼻子不通呢！

《黑龙号失踪》，少年儿童出版社，1963年5月

渤海巨龙

王国忠

阎毓从海堤大街两旁的树丛中好不容易找到了12号——二舅阎令桥的家。可是，大门紧锁着。门上有一张纸条，要她等几十分

钟。上面的字笔画幼稚，像是个孩子写的。阎毓自幼生长在印度尼西亚，现在是大学新闻系学生。这次她随印尼华侨参观团回国，特地抽空来“一枝花”市看看被称为“东方奇迹”的渤海工程。

大约过了四十分钟。一个男孩子从外面赶来接待她。

男孩请她进了客堂，热情招待她吃晚饭。这个男孩是二舅的儿子，叫大海。二舅临时有事外出，他就做了主人。大海见阎毓注意墙上挂着的改造渤海的全图，就熟练地介绍起来：改造渤海的工程分三个阶段。第一阶段建筑“蓬旅海堤”——外国报纸称它“渤海巨龙”，搞了四年多，已经完成了；第二阶段把渤海的海水弄干，使部分海区变成陆地……正在这时，二舅阎令桥回家来了。阎毓问：“干吗从来没有在信上讲过大海呀？”阎令桥的脸色变得沉重了。

晚上，阎令桥跟阎毓谈到了大海：大海的爸爸是个工程师，他第一个提出海堤建筑的设计方案。那天，他突然失踪了。两个星期后，外国一个通讯社说他早已出国，担任某国一项秘密建设工程。事情就发生在……大门“嘭”一下被推开了，大海走了进来。谈话中止了。

第二天，他们去参观渤海工程，参观了正在建设中的潮汐电站。将来这个电站发的电，可以供给等于十个上海市的用电。而这样的电站，十年内要造七座，以保证渤海区所有农场、林场、牧场电气化……他们参观了黄河新的入海口：2000米宽的海堤堤坝上开了200多米长的一个大缺口，两边各有一个大闸门拦住了海水。大闸门调节着黄河的水流量：黄河水流量大时，打开闸门，让河水入海；黄河干涸时，打开闸门，让海水流进黄河。这就保证了船只通航。

中午，他们走进工地饭店吃饭。还没坐定，大海又走了。这时，阎令桥继续讲昨夜的故事：大海爸爸一直在研究如何从海水中提炼原子能工业上的贵重原料——重水，后来他找到了一个十分方便和经济的办法。敌人想偷走这个方案的图纸，没有得逞，就杀害了他。这时，大海回来了。他是去指挥部请求让少先队参加义务劳动的。

吃完饭，他们去农场参观正在改良中的渤海土壤。干涸了的大陆架，盐分太浓，先让雨水冲刷，使盐分冲入排水沟；又在海底土壤播种多年生牧草和豆科植物，使海底污泥形成团粒结构，变成农业土壤。阎令桥兴奋地说：“这几万平方千米的渤海海底，再过六七年，将成为祖国重要的粮棉基地。”

当他们又折回到林荫大道时，西天已是一片晚霞。阎毓迎着又潮湿又有咸味的海风，感到周身舒适。阎令桥却沉浸在美好的幻想中，仿佛眼前已经出现了两条宏伟的大堤。

这是一个多么美好的理想啊……

《黑龙号失踪》，少年儿童出版社，1963年5月

春天的药水

王国忠

生产队交给我和阿龙一个任务：给一个生物制品工厂送豆浆。有一天，我跟阿龙送去豆浆正往回走，只见几只麻雀在积着雪花的白杨树上跳跳闹闹。为了赶麻雀玩，我不小心跌进厂房旁的一个水池中，池里浅红色的水把我的鞋子和裤子浸湿了。当我爬出水池时，麻雀早已不知去向。我和阿龙就抄近钻过铁丝网回到了村上。

第三天，生产队长聚宝叔叔告诉我们：工厂后边发生了件怪事，雪地里出现了一长串印子，既不像是人的足迹，也不像什么牲口的脚印，圆圆的像小脸盆那么大，印子四周都是雪，可是印子里却是黑黑的泥土，有的小草还在冒芽儿呢！这些印子一直穿过铁丝网，通向工厂的厂房。

隔了一天，生物制品厂的朱厂长叫我到厂长办公室去。他说：“我们厂房后面前些天出现了一串奇怪的印子。我们研究后发现，这些印子下面的土壤温度比较高，好像有什么小炉子在烤着一样。尽管这几天气候严寒，但印子里面一些小草的种子却在发芽、生长。我们想弄弄清楚，你有没有把我们厂里的什么药水弄到地上去？”

我告诉他，我跌进过一个药水池，池里有红的水，把裤子和鞋子都弄湿了。不料，厂长高兴地拉着我的手说：“小家伙，这可能是一个很有价值的发现哩！”这可把我弄糊涂了。“刚才说的那种红色药水，是我们厂培养细菌后的一种废水。”朱厂长兴致勃勃地接着说：“你想，它能使冰雪融化，土壤温度提高，这不是一个新发现吗？既然弄清楚了雪地上的印子是沾上药水造成的，我们准备马上组织人员进行研究。”

过了好些日子，春回大地了。今年的春天来得很早，田里的油菜、小麦、蚕豆都透出新绿。但是，气象台却发出了强大寒流侵袭的警报。为了做好防寒、防霜、防冻工作，村上开了一个会。会议结束前，朱厂长来了。他像讲故事一样，把如何发现雪地上的奇怪印子，如何研究那种红色的废水，详详细细讲给大家听，然后他说：“土壤里生活着成千种微生物，这些小东西一到冬天就呼呼大睡。刚才我说到的那种红色废水里，含有一种刺激素，能促进微生物活动；这种废水，又是微生物的好养料，可以帮助它们成长繁殖。微生物活动时要进行呼吸，呼吸时就放出热量，使土壤变得暖和。如果在寒流来到以前，把这种废水掺到马粪、牛粪和猪粪中，施到田里或者施在果树的根部，那么，依靠土壤的温度，无论春雪春霜，都不能危害农作物……”

后来，我们用厂里供应的这种药水，果然有效地抵御了寒流的侵袭，队里的小麦、油菜和果树等一点儿也没受到损害。社员就给这种红色药水取了一个挺好听的名字——“春天的药水”，因为它帮助农作物抵抗了寒流，带来了春天。

《儿童时代》，1963年第11期

养鸡场的奇迹

鲁　克

五年前，我曾跟爸爸到过“北大荒”。五年不见，北大荒又变样啦！我刚到那里就遇到了开拖拉机的小李姑姑，她亲热地拉着我的手。这时，我问起了小董姑姑，小李姑姑说：“她呀，现在成了养鸡专家啦！我正有事找她呢！”

穿过一片牧草地，我们来到了一排白色的房子前面，小李姑姑忽然想起了什么似的说：“早来几个钟点，你就能看见鸡，现在它们都睡了。”太阳还没下山，鸡哪会睡觉？我真有点不相信。

小李姑姑说：“他们采用一种‘人工昼夜养鸡法’。把一天24小时分成2天。白天让鸡活动7个小时，再把鸡关在黑屋里休息5个小时，算一天；晚上用灯光照明让鸡再活动7个小时，然后把灯熄灭，再休息5个小时，算另一天。这样鸡就把一天当成2天，可以生2个蛋。”真新鲜，我从来没有听说过有这种养鸡方法。

正在这时候，小董姑姑来了。她说：“再过一会儿鸡就要醒了。”接着，她把我领到“鸡公馆”的一间工作室里，一边把开关上的指针从“0”慢慢地拨到“10”字上，一边说：“这是电阻开关，慢慢拨动，鸡房里的灯光就会渐渐地亮起来；如果用普通开关，灯光突然亮起来，鸡会受惊的。”

这时，从鸡房里传来了一阵阵咯咯声和翅膀的拍打声。我急忙向鸡房走去，只见宽敞的鸡房被灯光照得如同白天一样。鸡房里的鸡有鸵鸟那么大。

小董姑姑告诉我，这些鸡是用鸵鸟和鸡杂交的方法培育出来的。他们把鸡蛋里的蛋白抽出一部分，然后把鸵鸟蛋的蛋白注射进去，结果孵出了一种样子像鸡又像鸵鸟的鸵鸡。这种鸵鸡最大的有50斤重，用“人工昼夜养鸡法”喂养，一天能生3个蛋，每个蛋有1斤重。

我出神地望着这群肥大的鸵鸡，真有点舍不得离开呢！

《奇妙的刀》，湖南人民出版社，1963年10月

鸡蛋般大的谷粒

鲁　克

丁彦在火车上听人说：东风人民公社的农场培育出一种水稻新品种，一颗谷粒就有一两多重。记者这个职业使他决定中途下车，到东风人民公社去采访。

到了农场，丁彦先把采访的意图对农场场长说了一下。农场场长告诉他，这是去年才培育成功的一种水稻新品种，叫“水稻-金皇后60号”，今年种了500亩，结出的谷粒真的有鸡蛋那么大。

这时，从门外走进来一位女同志，她是农场的农艺师，名叫徐瑛。水稻新品种就是她培育出来的。谁知徐瑛竟是丁彦中学时代的老同学。徐瑛陪着丁彦一起来到了水稻田。田里的水稻足有七八尺高，穗头上长着一颗颗鸡蛋般大的谷粒。徐瑛踮着脚尖，攀着稻秆从穗头上摘下一颗谷粒，放在丁彦的手里，请丁彦剥开壳儿看看。丁彦接过谷粒，剥开了外壳，放在嘴里一咬，一点儿不错，是大米。

在徐瑛的家里，徐瑛向丁彦介绍了这种水稻新品种的来历。这是运用选择、杂交和定向培育的方法培育而成的。最初，他们用中国水稻与印度水稻皇后6号杂交，培育出来的水稻谷粒有松子那么大。由于它的茎秆不够粗壮，很容易倒伏。后来，他们又用它与高粱杂交，但结出的籽粒不全是稻谷，有的是高粱籽；经过几代选择以后，才培育出一种粒大、秆粗的水稻新品种。他们还在这种水稻上使用了一种生长刺激剂。由于这种生长刺激剂对促进果实生长特别有效，因此，他们把它叫作“壮果剂”。就这样，经过10年时间，他们终于培育成功了“水稻-金皇后60号”新品种。

这真是了不起的成绩啊！托尔斯泰写的《鸡蛋般大的谷》这

篇童话，在徐瑛那里竟变成了现实。丁彦不由得用敬佩的眼光注视着徐瑛。

晚上，丁彦参加了农场庆祝丰收的晚会。餐桌上堆满了李子那么大的牛奶葡萄、西瓜那么大的桃子和一尺半长的香蕉，丰盛极了。丁彦在晚餐上由于多吃了几粒“水稻-金皇后60号”，被撑得站不起来了，只得两手捧着肚皮，显得十分狼狈。

《奇妙的刀》，湖南人民出版社，1963年10月

奇猎记

苏平凡

爷爷、老高、管虎和我，加上脖子上戴着特制颈圈的猎犬黑虎，组成了一支打猎队，钻进崇山密林去捕虎。

傍晚，我们在看林人的木房子里住宿。老高取下黑虎脖子上的颈圈，“咔嚓”一声，颈圈的内外两层被打开，夹层里挤满了电子元件。他检查了一番，仍给黑虎戴上，然后又从皮箱里取出不少杂七杂八的东西，有的像手表，有的像电筒，还有注射器。他还带着两支气枪和十几颗圆头钝尾的塑料外壳的子弹。我觉得好笑：带上这些玩意儿干什么？能打老虎吗？！

次日，我们默默地在草丛树海中穿行。突然，老高上衣口袋里的“钢笔”顶端闪烁着红光。老高警惕地说：“有野兽！”果然，我们背后的树枝后面露出一个恶狼的脑袋。我刚举起猎枪，恶狼便逃跑了。老高指着插在口袋上的“钢笔”说：“这是‘电子鼻’，电子鼻里有嗅觉细胞（能吸收硫化物气体的盐类）和大脑（一架小巧的电子计算机），它们能记住和辨别许多野兽的气味。只要‘电子鼻’发出红光，我就知道附近有野兽了。”

我们在黑水潭边扎下营地，燃起篝火，烤着野鸡。老高从火堆里取出烤熟的野鸡，撬开焦泥巴，立刻喷出一股浓厚的肉香。老高忽然想起了什么，从皮箱里取出那个电筒似的东西，旋开后盖，塞进一卷胶带。他把喇叭形的灯头对准烤鸡，电筒里响起了一阵吱吱声。我忍不住问道：“这是什么玩意儿呀？”老高笑着说：“我要把鸡肉香气保存下来，带回去给所里的同志们欣赏欣赏。”原来这是一架录味机：电子鼻把气味变成电流，电流使胶带磁化，气味就记录下来了。老高在电筒里换了一盘胶带，又旋转了一下灯头，再揿一下按钮，我忽然觉得鼻孔中钻进了一股清幽的兰花香、荷花香……

我们在黑水潭边发现虎脚印，看来附近有虎窝，于是决定分路搜索。我和管虎利用“钢笔”（电子鼻）和“手表”（气味指示仪）找到了虎窝。一只水牛大小的猛虎侧卧在乱草丛中。身后飘来阵阵浓烈的羊膻味，老虎把鼻子一耸，弓腰蹬腿，无声无息地朝着羊膻味飘来的方向走去。我斜眼一瞄，躲在树后的老高正打开他那电筒样的录味机哩！老虎长吼一声，张牙舞爪地对准老高扑去。正在这时，管虎举起气枪，“砰！砰！”两枪，老虎应声倒在老高面前。老虎的伤口很小，几乎没有流血，死得真蹊跷。“哎哟，它还没有断气哪！”我刚端起枪，老高立即阻止：“我们要的是活虎，待会儿还要让它赶路哩！”

爷爷和管虎从虎洞里搜出两只会爬不会跑的小老虎。我和老高编了两个小驮筐，架在大老虎的背上，就让它驮着它的两个孩子。

在好奇心的驱使下，我拿着气枪细细观察，怎么也看不出其中有什么奥秘。老高说：“秘密在子弹上，我们用的是快速麻醉弹。老虎中弹后，在似醒非醒的时候，它就驯服得像老牛一样，我们就可以牵起缰绳让它自己走了。”

“要是它醒过来了呢，那不危险吗？”我不禁问道。

“我们不让它醒过来，只需要按时给它注射一些镇静剂就可以了。”

这样，我们就像驯虎勇士一样，牵着一头驮着两只小虎的大老虎，胜利地归来了。

《儿童文学》，1963年第2期

游牧城

刘兴诗

说起来，真是谁也不会相信：我曾经在内蒙古草原上，驾驶着汽车跟在一座“城市”后面，紧紧追赶了好几天。

今年春天，气象台突然发布了一个意外的消息：西伯利亚有一股寒流向南侵袭，气温估计将要降到零摄氏度以下，内蒙古自治区中西部各地需做好防寒保温工作。就在这时，我接到一个新任务：立刻从呼和浩特出发，到大青山北面的游牧城，将几吨煤焦油送到那里的畜牧生理研究所，以备牲口御寒之用。煤焦油和寒潮有什么关系？我不明白这个闷葫芦里装的什么药。

到过那里的同志对我说，翻过大青山，往北走完一条150千米的大路，就到了游牧城。可是，我驾驶油槽车，开了149千米，但城市的影子还是一点儿也看不见。我看到在公路的尽头，竖立着一个大木牌，上面端端正正地写着“游牧城”三个大字。于是，我开着油槽车驶进了这座神秘的小城。

美丽的街心花园，整洁的人行道，大街两旁的电线杆和广告牌，这一切都宣告着城市的存在。可是所有的房屋就好像被一阵狂风刮走了似的，消失得无影无踪。面对着这座空荡荡的城市，我不知道该怎么办才好。

一位正在修剪树枝的白胡子老人告诉我说：“游牧城上个月就搬到北边的草地里去了。你大概没听说过吧！冬天，游牧城要搬到南方来避寒，春天天气暖和了，大伙赶着牲口仍然回到北方去。”听了老人这一番话，我才弄清楚，游牧城和古代牧民们驮在马背上的“帐篷城市”有些相像之处，这是为了适应游牧生活而设计出来的。这里只是游牧城的一个基站，它在广大的牧区里还有好几个基站呢！

我告别老人，开着汽车驶出了这座空城。快到傍晚的时候，我发现，在远远的地平线上，有个奇异的怪影，正朝着我的方向移动过来。我定睛一看，原来是一座小屋子。小屋里的一个小伙子告诉我，游牧城目前正在第二基站。我用手摸了摸这小屋的墙壁，发觉它是用一块块海绵样的泡沫塑料砖砌成的。屋子下面响着一阵“嘶嘶”的喷气声，整座房屋悬空飘浮在离地十多厘米高的地方。正是这“嘶嘶”作响的气体托住了小屋，使它离地悬浮着而不致跌落下来。原来，这是一种“气垫屋”。

可是，第二天拂晓，当我赶到第二基站时，还是没有找到游牧城。只见广场的布告牌上贴着一张通告：“本城已于3月21日迁往东北方25千米的草海子。”从日期上来看，这是发生在两天前的事。我只好又马不停蹄地向不知名的草海子赶去。

草海子是一个风光旖旎的小湖。在汽车上，远远可以望见在草地上缓缓移动的牛羊群。到了草海子，偏又碰上所有的人都带着房子看赛马去了。最后，依靠牧羊人的指引，我才终于找到了游牧城。高高低低的屋顶，一层紧连着一层，像鱼鳞一样密密地排列着。金色的阳光给它们涂抹了一层柔和的色彩，真是美妙极了。

畜牧生理研究所在哪里呢？我眼睁睁地瞧着这一大片五光十色的房屋，搔搔脑袋，想不出一点儿办法来。一个姑娘笑着说：“在基站里，每幢房屋都有固定的位置。因为今天举行赛马大会，所以城里没有街道。”我仔细一看，果然是不同门牌号码的房屋，全都绕成一个圈。高的在后面，矮的在前面，拼凑成一圈高高低低的活动看台。这时，城里的居民们正挤在自己的窗口，津津有味地观看赛马呢！

我闯进一连串的机关、商店和住宅，问了不少人，才找到了畜牧生理研究所。我记得白胡子老人曾经给我看过研究所的照片，上面房屋的颜色是银白色的，可这里却是红艳艳的。我急匆匆地把汽车开了过去，趁人们围着油槽车忙乱的时候，走进了研究所的大门。里面是一间四壁漆黑的大厅，在黯淡的荧光灯下，可以看到许多新奇的仪器和正在做实验的小羊。我不习惯黯淡的光线，瞥见墙边有一排电闸，就顺手扳动了一个。刹那间，四面八方的壁砖都转了一个身，漆黑的墙壁立刻变成了闪闪发光的银白色。我着了慌，想尽力恢复屋内的原状，可是越弄却越糟：墙壁一会儿变成碧绿色，一会儿变成蓝色和灰色，最后变成了刺眼的火红色，使羊羔都变得焦躁不安起来。

这时，一个管理人员进来说："同志，这是人工制造的黑夜。"经他一提，我悟出了其中的道理。他们准是把塑料方砖的六面漆成了不同的颜色，每一面都连通着电路，只要一开电闸，就能使砖块发生不同角度的旋转，改变房屋内墙和外墙的颜色。

"煤焦油和寒潮到底有什么关系？"我终于向他提出了积在心中已久的问题。他笑而不答，带我到一间化学实验室。只见煤焦油在玻璃槽里缓缓地流动着，这时已变成半透明的甲醛溶液。阀门扭开后，甲醛溶液和另一根玻璃管里流出的尿素混合在一起，流进一排排牲口身形的模子里。一会儿冷却了，就成为一件件的彩色外套。这种泡沫塑料外套既轻便，又暖和，披在牲口身上，可以阻止寒气的侵袭。

薄暮的时候，赛马大会已结束。挤成一团的房屋一圈圈地散了开来，有的拖挂在汽车的后面，有的开动了气垫，各自离开了原地。我躺在研究所的屋内，注视着窗外的草原夜色，很难想象，自己正处在一个迈步前进的"城市"行列里！

《少年文艺》，1964年8月号

奇异的机器狗

肖建亨

小毅的表舅—— 一位出色的生物控制论专家，给小毅寄来了一只玩具狗。小毅又不是三岁的娃娃，一只铁皮做的玩具狗有什么好玩的？

后来，小毅发现这只狗会叫，也会认人，它一看见猫就会发起进攻。一次，小毅的妹妹在林荫大道迷了路，玩具狗竟毫无差错地把她带回了家。这只狗有记忆力，还有独立思考的能力。它会听从吩咐，从五顶帽子中把主人需要的一顶帽子挑出来。路上遇到了障碍物，它会开动脑筋绕道走。简直比真的狗还聪明！

这究竟是怎么一回事呢？小毅来到表舅的生物控制研究所。

表舅告诉他，这只玩具狗是一架能跑、能走、能听、能看、能适应环境，并有一定学习能力以及逻辑思维能力的人工智能机。它的耳朵是一对灵敏度很高的微音器，它的眼睛是两只构造很巧妙的电子眼，它的身体里有小型磁带录音机，所以会叫。它有一台能够记忆的电子大脑，能把外来的各种信号记下来，并做出一定判断，分析外来的命令是不是正确，要不要执行。

为什么它能认识人呢？原来，这只玩具狗的脑中有一个计数器，某一个人的声音超过了一定的次数，电子大脑就会自动发出对这个人表示欢迎的信号。按照事先布置，电子大脑会对各种情况采取不同的行动，如见到猫便如临大敌。它又会进行一定的逻辑判断，进行独立思考，通过学习还能在一定范围内改变自己的行为。

在研究所里，小毅还看到了专门打扫卫生的铁螃蟹、正在牧羊的机器狗和能为盲人引路的机器狗，后者还能完成通信任务。

临别时，表舅将一份机器狗的结构图纸送给了小毅。小毅高兴极了，他决心回去后和同学们一起把机器狗制造出来。

《奇异的机器狗》，江苏人民出版社，1965年5月

小凡漫游“海底之光”

——一个少年的几篇日记

肖建亨

8月3日

我和陈小明接到“少年科学宫”的机器人送来的通知：批准我们到“海底之光”去参观。于是，我们立即去“少年科学宫”报到。

8月5日

我们已经来到了“海底之光”。这是一个盖着许多工厂的人工海岛。我们住宿在海边的“海底之光”农业专科学校。

8月6日

我们到开采海底矿产的总指挥部观看海底电视：样子古怪的水下坦克，头上伸出一根大象鼻子似的大管子，正在把海底的一块块淡黄色鹅卵石——铁锰矿吸进去。罗工程师告诉我们：水下坦克一面采矿，一面就把原料炼成纯粹的金属，废渣就从坦克的尾部掉下来；炼好的金属藏在坦克的肚子里，以后它会自动地送到指定的地点去……工作是高度自动化的。我们还看到了海底采油场、铀矿场、采煤场……海底的资源原来这样丰富！

8月10日

我们穿上潜水衣，背上氧气筒，还带了猎刀和鱼镖枪，跟着新交的好朋友张国华，潜入海里去打猎。有趣的是，张国华还牵着一头“猎犬”——海豚波儿。我们一路游去，欣赏着美丽奇异的海底世界，突然发现一头样子狰狞的大章鱼向我们扑过来。我向它射了一枪。大章鱼喷出一股又浓又黑的墨汁，逃跑了。波儿立即冲上去，和大章鱼扭在一起厮打起来。我们冲上去，抡起猎刀，劈死了大章鱼。

我们还猎得了鲨鱼等其他海鱼。回到学校后，举行了一次真正的、猎人式的大宴会。

8月12日

一个星期的游历生活就要结束了。

上午，我们参观了“海洋生物联合加工厂”。

下午，我们游览了“特种作物海底农场”。我们坐着流线型的潜水车驶向海底，看见一片高大、茂盛的海底植物，飘飘荡荡地从海底伸了上来，一直向明亮的海面伸去。这是新培养出来的海藻，营养价值非常高，有“海底面条”之称。一片暗红色的庄稼，全是金海藻，它可以从海水里提炼金子，身体里含有百分之十二的纯金。我们还看见一片深蓝色的丝状的海藻，这是钛海藻，它能提炼又硬又轻、又耐腐蚀的钛。钛可以用在宇宙航行上。突然，驾驶台上的红灯亮了起来，在我们前面不远的地方出现了一片闪闪发亮的庄稼：铀海藻。这个岛屿的名称，就是因为有这种发亮光的海藻，而被叫作“海底之光”的。我们看了具有放射性的铀海藻后，就折向南边的农场区。在那里，我们又看到了钒海藻、银海藻、钴海藻、锂海藻……这些海藻有着各种各样的颜色，产量高、生长快、管理方便。这些庄稼能把海水里的各种稀有金属收集起来、浓缩起来……真是一些奇妙的庄稼啊！

参观后，陈小明决定：将来也要到海底来种庄稼。

《奇异的机器狗》，江苏人民出版社，1965年5月

火星一号

肖建亨

售票员小高坐在售票处忙着，忽然见一个人迈着特别沉重的脚步走到窗口前，要买一张去北京的16次快车票。小高从窗台上接过钞票，熟练地在火车票上盖好时刻和车次，正想把找的钱和车票往窗口送去，忽然听得那个人大声大气地说："同志，劳驾，请把找的钱和车票放在我的手上。"说着，那人就从窗口外伸进一只闪着亮光的塑料做成的假手。小高吓了一跳："这位旅客是个什么角色？！"他探身一看：那人高大魁梧，穿着一套深灰色衣服，拎着一只小旅行箱。原来是个机器人！

机器人出现在候车大厅时，一下子吸引了许多旅客。他们指指点点，议论纷纷。机器人忽然有些生硬地向大家鞠了一个躬，开口说："同志们，静一静，请允许我自己介绍一下。我是个机器人，叫'火星一号'。这次，我要和大家一同乘16次快车上北京去。"

有旅客问它："你到北京去做什么？"

机器人说："我到北京去参加自动机交流大会。这次让我一个人去，就是为了考验一下我的能力。"说着说着，机器人好像伤了风似地，"阿嚏"一声，打了一个挺大挺大的大喷嚏。

"哈哈！"旅客们全都笑了起来，"机器人也会伤风打喷嚏呀！"

这时，又发生了一件怪事，机器人的声音忽然由一个男人的声音变成一个尖声尖气的女孩子的声音了："旅客们，请让我解释一下。请注意，现在是由第101青年科技小组的同志，向你们讲话……"

大家都糊涂了。刚才机器人还说得头头是道，现在怎么一下子变成广播站了？

“同志们，”那个女孩子说，“火星一号是我们设计的机器人。它的眼睛里，装的是两只电视摄像管；在它的耳朵里，装上了拾音器。火星一号能听、能看，而且能把看到、听到的都变成无线电波，传送到我们这里来。因此，刚才同志们提出的问题，都是由我们这儿的值班员回答的。机器人身体里的无线电接收机，收到我们发出的无线电波后，就把它放大，并且从装在嘴巴里的喇叭放出来。这样，你们就听到了我们的回答。同志们，还有什么问题吗？”

一听解释，旅客们才明白，原来回答问题的是一个真正的人呀！当然，刚才那个大喷嚏，也是值班员打的啰！有一位旅客问道：“喂，第101青年科技小组的同志，你们搞这个试验有什么目的吗？”

那个女孩子回答说：“我们通过机器人的眼睛、耳朵，看到它周围的一切；再根据我们所看到的一切，用无线电操纵机器人，叫它按我们的意思行动。譬如，用它来征服南极、大沙漠，或深海的海底；还可以派它到别的星球上去。总之，火星一号，可以作为我们人类征服大自然、开发大自然的一个驯服的工具——这就是我们制造这个机器人的目的！”

这时，16次快车进站了，火星一号一手替别的旅客抱着小孩，一手拎着小皮箱，跟着旅客们朝车厢走去。

《奇异的机器狗》，江苏人民出版社，1965年5月

铁鼻子的秘密

肖建亨

我的邻居李青，是个青年电子学家。可是，他却整天研究各种各样的鼻子：人的，狗的，鱼的……他刚搬到我们这里，就给我检查鼻子。检查结果，发现我的“糟鼻子”嗅觉太不灵了，要给我配副鼻镜。

隔了几天，我到李青房间里去玩。他从口袋里摸出一只盒子，里面有一雌一雄两只蛾子。他要我把雌的带回房间里去，不一会儿，那只雄蛾竟从打开的窗子飞进来，直扑盛着雌蛾的盒子。“瞧，这蛾子的鼻子多了不起，太棒啊！”原来，小李已经走进房间，站在我身边了。

第二天，我在小李给我的几只雄蛾的背上点上了一点儿红墨水，带到十公里以外的机关放了。下班后，我赶到家里时，嘿，怪事！那几只背上带着红点儿的蛾，正在那只盛着雌蛾的盒子上拍打着翅膀哩！

小李给我戴上了沉甸甸的铁鼻子。那天晚上，我睡得特别香。早上醒来，我好像闻到一股潮湿的海的气味，又闻到了一股夜来香的气味……这一定是铁鼻子在作怪。这时，小李来敲我的房门，我故意不搭理他。小李说了一句：“你再装相，可得当心！”就走了。一会儿，我闻到一股臭鸭蛋的味儿。我实在受不了，从床上蹦了起来，去捶小李的门。

小李告诉我，这架铁鼻子其实就是一架“电子气味传播器。”他解释说：“人鼻子里的鼻黏膜细胞也能‘接收’无线电波刺激——和电波发生共振，只要改变电波的频率和模式，就能使我们产生不同的感觉——闻到各种气味。”他指了指他台上的那架像五灯机那样大小的机器说：“阁下，刚才您所闻到的一些气味，都是从这台‘气味发生器’发射出来的。铁鼻子把它们接收下来，然后把这些电波放大、加强……”

第二天，我到小李的研究所去参观。小李用各种仪器给我检查鼻子，然后向我宣布：“你的鼻子是个‘近嗅鼻’，‘近嗅’的度数是600度。”他要给我配一副“鼻镜”。我慌了：戴上那么一个铁玩意儿，不是存心出我的洋相吗？小李把我拉进电影放映室，他自己却去给我配鼻镜了。

我看见银幕上出现一片油菜花时，鼻子里就闻到一股油菜花的清香……这可又是一件新鲜事儿！我正看得出神，小李已经拿着鼻镜回来了。我说："这电影又是你们的新发明吗？"他说："这只是电子气味发生器的应用罢了。放映室里装着一部电子气味发生器，所以您能闻到气味。"只见他手里拿的鼻镜同普通的眼镜差不多，只是镜架子比普通的眼镜要厚实一些，微型的"电子气味传播器"就装在脚架里。

配好了鼻镜，小李带我在研究所里参观。他们这儿还研究着其他各种有趣的问题哩。譬如，利用各种"气味"来捕鱼；利用害虫害怕的气味来驱走害虫；利用各种香味来招引益虫，帮助庄稼授粉……

《奇异的机器狗》，江苏人民出版社，1965年5月

石油蛋白

叶永烈

记者到银海油田去采访，指挥部的王师傅拿出蛋糕、牛奶和肉馅包子来招待他们，并对他们说，这些就是新发明，它们都是用石油做的。

这些新发明是怎么来的呢？原来，在炼制和加工汽油、煤油和柴油等石油产品时，都必须除去油中的石蜡（这就叫脱蜡）。如果汽油和航空煤油中含有石蜡，严冬行驶的汽车和飞翔的飞机，就会因油管被石蜡堵塞而发生事故。然而，脱蜡的设备太多，技术较复杂，成本也较高，于是油田便成立了脱蜡攻关小组。

在一次收葡萄的劳动中，一位工人发现了一串表面长满一块块

癞疤的葡萄。经分析，这些葡萄的表面之所以没有乳白色的蜡质，而出现癞疤，是因为葡萄上的“癞疤”病菌吃掉了蜡质。那么，能不能用它们来吃掉石油中的石蜡呢？

在微生物研究所科研人员的帮助下，脱蜡攻关小组的同志不仅用人工方法培育出了一大批纯净的癞疤病菌（他们又被称为嚼蜡菌），而且还找到了近百种嚼蜡菌。生产实践表明，只需一昼夜，嚼蜡菌就能把汽油中的石蜡吃得干干净净。

最初，攻关小组的同志把完成了脱蜡任务的嚼蜡菌统统倒掉。

可是，没多久，小组的同志就发现，成群的鸟儿和鱼儿都争着吃倒在地上和落入水中的嚼蜡菌，这才引起了深思。一分析：100克干嚼蜡菌体，含有42克蛋白质、3克核酸，还含有一定量的维生素。就蛋白质的含量来说，1吨干的嚼蜡菌，可以代替2.1吨瘦猪肉，或3吨鲜鸡蛋，或12吨鲜牛奶，相当于4200个成年人在一天内所需要的蛋白质。

嚼蜡菌吃的是石蜡，怎么会产生那么多的蛋白质呢？原来，古代动、植物中所含的蛋白质，当年是在微生物的作用下变成石油的；如今，只要借助于微生物的作用，石油也就能重新变成蛋白质。所以，从某种意义上讲，今天从嚼蜡菌体中获得的蛋白质，正是从几百万年古代的动、植物那儿来的。

记者在王师傅的带领下，参观了银海食品厂，亲眼看见了成吨的嚼蜡菌体先被倒进巨大的高压锅蒸煮，又经过许多道加工，最后变成了蛋糕、奶粉、肉酱等各种鲜甜可口的食物，这才恍然大悟，自己刚才吃的蛋糕、牛奶、肉馅都是这么来的。

《少年科学》，1976年第1期

强巴的眼睛

王亚法

一辆救护车沿着盘旋的山道，呼啸着朝红卫医院飞驰。

车上躺着二十五六岁的藏族民兵强巴。刚才在民兵爆破训练时，发生了意外事故，强巴为抢救战友，身受重伤，现正处在昏迷中。

藏族女医生、眼科大夫旺丹疾步向急诊室奔去。强巴躺在病床上，喃喃地说："枪要放平，瞄准时三点成一线……"旺丹翻开病人的眼皮，病人双眼的巩膜已被炸裂，玻璃体已经流失，血肉模糊的眼球上，粘着不少碎石粒和垃圾。她果断地决定："……必须立即做摘除眼球处理。"

手术准备工作就绪后，旺丹走进手术室，听见强巴的喃喃自语声："我来瞄准给你看，注意，三点成一线……"多好的小伙子呀！旺丹知道，强巴的祖父被西藏农奴主用烧红的铁钎刺瞎了双眼……今天，可不能再让强巴的眼睛失去光明。她全神贯注地拿起了激光手术刀……

做完手术，旺丹来到休息室，胡子花白的巴桑大爷眼睛闪着泪花说："……医生啊，把我的眼珠挖下来给强巴吧！"

两年后的一个下午，在民兵靶场门口，挂着一条"科研新成就观摩大会"的横幅。旺丹等坐在司令台上。强巴迈着大步，走进靶场。他熟练地举枪瞄准50米远的移动靶，"啪"的一枪，喇叭里响起裁判员的声音："中心靶，10环！"场上响起雷鸣般的掌声。巴桑大爷激动地奔到强巴跟前，打量着强巴那双炯炯有神的眼睛：难道当初强巴双眼没有摘除吗？

这时，旺丹从司令台上走下来，向强巴祝贺。强巴说："谢谢你们又重新给了我光明。"

巴桑大爷说："好旺丹，强巴的眼睛是谁移植给他的？告诉我吧！"。

旺丹笑着说："强巴的眼睛是两只微型的声呐雷达。它利用人身体里的生物电流，放出一种超声波，当超声波碰到障碍物的时候，就被反射回来，人造眼球收到这种回波后，把它恢复成生物电流传导给视神经，所以强巴能清晰地看到一切。"

她又补充说："这在科学上叫'仿生学'，和蝙蝠搜索目标的原理是一样的。"

"哦！"巴桑大爷满意地点着头。

旺丹继续说："这种眼睛在没有光的情况下，照样能看清东西。要是在黑暗中打枪，仍然能百发百中呢！"

这时，喇叭又传来话音："现在请强巴同志谈谈使用新眼睛的体会。"

强巴奔上讲台，站在话筒前，激动地说："就从过去农奴主怎样用铁钎刺瞎我祖父的双眼，共产党又怎样给我光明，给我第二双眼睛谈起吧……"

《红小兵报》，1977年3月30日

世界最高峰上的奇迹

叶永烈

一次综合性、多学科的科学考察，正在世界最高峰——珠穆朗玛峰地区进行着。

科学考察队古生物考察小组的成员，在藏族翻身农奴的指点下，发现了两块化石：古代一种巨鸟或爬行类动物的脚印化石和一种动物的脊椎骨化石。他们不畏艰险，跟踪追击，终于在悬崖上发掘到了三十来个蛋化石。其中一个被一种半透明、黄褐色、松香般的东西包住的蛋，特别引人注目。根据种种迹象，这窝蛋被初步断定为古代鸟类或爬行动物的蛋。不过，科学考察队员们最感兴趣的还是那只“松香”蛋。

“松香”蛋是怎么来的呢？据分析，情况可能是这样的：在一棵参天大树下，一个古代动物生了一窝蛋，从树上流出一大团树脂，把那个处于最低处的蛋团团包住，于是“松香”蛋就形成了。一检查，在整窝蛋中，那个“松香”蛋的确是处于地势最低的地方。

令人吃惊的是，用一种新的X射线——软X射线照射后，发现那“松香”蛋中还有一个非常完整的蛋黄。轻微摇动，那蛋黄也会轻轻晃动。也就是说，这个蛋由于外面包了一层“松香”，矿物质无法渗透进去，所以蛋的原状仍保持着——蛋壳内有蛋白，蛋白里还有蛋黄！

经过多学科综合考察和有关文献资料的查阅，古生物考察小组提出了一个大胆的设想：也许能从这个“松香”蛋中孵化出古代动物来！

一场会战开始了。玉石雕刻厂的一位女工，像在琥珀上精雕细刻那样，打开了“松香”外壳，取出了一个光洁、青灰色的蛋。紧接着，孵鸡场的老农花了整整45天的时间，从蛋中孵化出了一个相貌古怪的动物：长头颈、大屁股、小脑袋，既像鸭子又不完全像鸭子——它浑身上下光秃秃，没一根羽毛，却拖着一根又长又细的尾巴，长着四条短腿。根据对化石的研究和动物外形的观察，考察队员断定它是一条小恐龙，还是一种过去从未发现过的新恐龙。于是，它被命名为“珠穆朗玛恐龙”。有人又给它取了个小名儿，叫作“朗朗”。

古生物考察小组的向导——一位藏族解放军战士自告奋勇地担任了饲养员。可是朗朗既不喜欢喝牛奶，也不吃青草，对猪肉、鸡蛋、面包、米饭、大豆、饼干、竹笋和水果都不理不睬，连淡水鱼都不感兴趣。看来，朗朗恐怕喜欢吃海鲜，一试验，果然灵验，朗朗吃起海鱼、海虾、海带和紫菜来津津有味。吃着这些海鲜。朗朗长得很快，不到半个月，就长成水牛那么大了。

可是，后来朗朗仿佛生病了，整天躺着不动，精神萎靡不振。有关同志和兽医进行了“会诊”，朗朗一切正常，它的病可能是水土不服。这时，担任饲养员的藏族解放军战士提出：朗朗的脚像鸭子脚那样趾间有蹼，说明它喜欢在水里游动，而它又爱吃海鲜，会不会它本来就是生活在海洋中的？

朗朗在海中果然如鱼得水，非常自在，一点病态也没有了。过了一个月，它变成了一个庞然大物，体重有近100吨。

过去，人们只是依靠化石来推断恐龙的形象和习惯；现在研究工作者就可以直接对朗朗进行观察了。过去，人们总以为，恐龙是陆生的，顶多只是喜欢泡在淡水湖泊中；现在朗朗的出现告诉人们，有的恐龙喜欢生活在海中。海水的比重比淡水大，海水的浮力也比淡水大，这就为巨型珠穆朗玛恐龙提供了适宜的环境。

然而，珠穆朗玛恐龙既然是海生的，那么它的蛋怎么会出现在海拔八千多米的世界最高峰上呢？地质学考察小组的调查研究说明，珠穆朗玛峰地区本来并无高山，而是一片海洋——喜马拉雅古海。珠穆朗玛恐龙就生活在这片古海中。朗朗正是“山原是海，海变成山”的活见证。

朗朗活了两年多，就死去了。这表明恐龙虽大，但由于消耗大，寿命并不长。朗朗死后，恐龙也在世界上绝迹了。

《少年科学》，1977年第2、第3期

密林虎踪

肖建亨

杂技节目开始了。一位姑娘牵着一只颈上套有皮颈圈的小狗走上舞台，向大家介绍说：“这是聪明的小狗杜杜，会做加、减、乘、除的算术。现在请一位小朋友出道题目，上来写在黑板上。”一个小朋友跑上台，用粉笔在黑板上写了个54 ÷ 4的算式。这时小狗面对观众，一声一声地叫了十三下，接着，它跑到台的另一边又叫了五下——13.5。

自从杂技团演出这个新节目后，报社收到大量的来信，纷纷要求帮忙解开这个谜。我带着这个问题到杂技团去找老马。老马却回答我说：“这个节目是动物研究所的李石安为我们安排的，你去找他吧。”

我怀着疑问赶到动物研究所。可是，李石安已到“禁猎区”的动物饲养站去了。等我赶到饲养站，依旧扑了个空。饲养站的一位退休老猎人告诉我，李石安带领新来的大学生上山里的实验站去了。

我准备上山，老猎人借了一支猎枪给我，以防万一。我一边走一边欣赏着深山老林的景色。突然迎面窜出一只大老虎。我先是愣了一下，接着就连忙举起枪，倒退着想避开这只大怪物。可是，忽然被一块石头绊了一下，一个踉跄，仰面翻了过去。枪在无意之中打响了。这一枪虽没伤及老虎，但把老虎激怒了，它向我直扑过来。就在这危险的时刻，老虎忽然大吼一声，猛地摔倒了！

那只老虎摔倒得那样猝然！我想走过去看看，但害怕老虎突然醒来怎么办？正在犹豫之间，一架直升机突然从云端里飞出来，笔直地飞向我处，打开舱门，一个中年人大声喊道："你是报社的张帆同志吗？"我连忙点了点头。这人立刻放下绳梯，爬了下来，朝那只老虎奔去，翻弄了一会儿，然后转过身来，向我介绍道："我叫李石安。"在这种情况下，突然碰到我的采访对象，真叫人感到喜出望外。

在直升机上，李石安用无线电和实验站通话，叫人把11号给放了。说着，他用手示意我往下看。那只不知被什么神秘力量"催眠"了的怪老虎忽然醒了，纵身一跳，窜到密林中去了。

这神奇的一幕真把我看呆了。他们是怎样使那只凶猛的老虎俯首听命的？带着这个新疑问我跟着李石安走到一间小放映室里。他把录像磁带插到放映机里，屏幕上出现了一个人影。他手里拿着一支猎枪，神情慌张，举起枪，又放下了……我失声叫了起来："这不正是我吗？"李石安纵声大笑："你刚才所看到的，就是通过那只老虎的眼睛看到的呀。当外界景象通过眼球投射到我们的视网膜上，光线刺激视觉神经产生了电流，如果把这些生物电流引出来，加以放大，然后送到实验室来，我们就可以运用各种电子设备，再把它转变成图像。为此，我们预先对动物进行了一次外科手术，把一些特殊的电极——电拾圈，埋到动物的大脑里去。所有的电极都连着一架米粒般大小的无线电发射机。这架发射机会把脑电波变成无线电波发送出去。不过这些信号太微弱了，所以我们在每只老虎的颈上都装上一架‘脑信号替续器’。它能把动物大脑里送出来的信号接收下来，加以放大、加强和编码，发送到我们这里来。我们再把信号复原，使它变成原来的图像。”

我怀着极大的兴趣，跟李石安来到虎生态观察室。李石安说：“这里有二十四块荧光屏，代表着二十四只老虎的眼睛所看到的景象。瞧！第11号荧光屏上，就是你碰到的那只雌虎。当然，你现在看到的并不是雌虎本身，而是它的三个孩子。通过它的眼睛，我们就可以了解幼虎的生活习惯及其成长过程。这对研究动物生态是很重要的。”

据李石安介绍，他们还为许多牧羊犬做了这样的手术，经过一段时间的训练，就能代替牧羊人的工作，把羊群看管起来。牧羊人员只要在荧光屏上进行观察，就可以实行远距离放牧。其实“杜杜”做算题的秘密，也就是采用了训练动物的老办法——条件反射。他们在为狗进行手术时，还另外放了一个电极，这电极能接收他们发出去的信号。他们按一下电钮，“杜杜”就会感到一下轻微的刺激，它就叫一声……

“噢，原来是这么一回事！”我喊了起来，“没想到问题会这样简单。”

回到报社后，我立即写了这篇报道，为广大观众解开这个谜。

《少年科学》，1977年第4、第5期

奇怪的电波

邓冈州

小狄和小乔为了准备参加秋季举行的全国无线电测向比赛，利用在大金顶山区野营活动的机会，作了一次赛前练习。

小乔打开测向机，耳机中传来了小狄在五千米外发出的信号声，小乔朝着电波发来的方向向前飞奔。突然，耳机中出现了另一种信号声。好生奇怪的电波！他朝着这奇怪的电波发来的方向跟踪追击，来到了一条小河边上。突然，他听到了一阵吼叫声，只见两只棕熊正在激烈地殴斗。一不小心，小乔弄出声来，只听得“嗥”的一声大叫，一只熊腾空扑来，小乔眼前一黑，昏倒在地。

自分手以后，小狄始终不见小乔的影子，感到十分纳闷。小狄遇见了动物研究所的一位叔叔，问明了事由后，那叔叔就带着小狄来到了营地。那位叔叔走到一个像衣柜那样的操纵台前，按动电钮，只见标有“1号”的电视屏幕上出现了松林和棕熊，但却没有小乔的影子。接着那位叔叔又按亮了2号、3号直到5号的电视屏幕，但仍没有找到小乔。正在这时，小乔却从门外走了进来。原来，另一位叔叔救了小乔，并带他来到了营地。

在营地里，小乔和小狄感到样样新鲜，但他们最感兴趣的还是那奇怪的电波来自何方？

在吃饭的时候，队长告诉他们，考察队是专门研究棕熊的生态情况的。在大金顶山上棕熊生活的重要地方，都设置了电视摄像机，由总操纵台接收，以便了解棕熊的生态情况，并在棕熊的颈上套上一只金属圈，里面装有微型发射装置，编上相应号码，通过发出的不同编码信号来识别它们。同时，项圈还能发送棕熊的心电、脑电、血流、体温、唾液等情况。在关键时刻，这副项圈还能受激发出刺耳的恐怖声音来，并强行输入棕熊的大脑，使它停止先前打算做的动作。

这一来，小狄和小乔不仅弄清楚了奇怪电波的来历，而且知道了这次考察是为了完善大金顶山区棕熊种群的生态资料，以便进一步用电子计算机统计和控制棕熊……

《科学画报》，1978年1月号

海　马

叶永烈

一位平生从未见过海马的记者，到海口的海马养殖场去采访，发现那里的海马和书上记载的截然不同，这是一种不怕海的马。

经过一番采访以后，记者才搞清楚，原来事情是这样的：自从在海南岛全面实现农业机械化以来，一大批马、牛闲得没事干，加上海南岛的空地很少，没处放牧，因此养马、养牛成了件麻烦事。俗话说："靠山吃山，靠海吃海。"海南岛四周都是海，人们想，海底那么宽广，为什么不能作为牧场呢？海底有那么丰富的水草、海藻，为什么不能作为牧草、饲料呢？于是，海南岛的各族人民在海口市办起了海底牧扬，开始了科学实验。

但是，马、牛是不能直接从水中吸收空气进行呼吸的。他们从鱼鳃得到启发，制成了小方盒状的人造鳃：外壳是水能自由出入的多孔塑料，盒内是一层层空心的薄板，薄板表面蒙了一层比纸还薄的硅橡胶薄膜，这种硅橡胶薄膜不透水，却能透过溶解在水里的氧气。有了人造鳃以后，马、牛就能像鱼一样，长时间生活在海底了。

纵然有了人造鳃，要把普普通通的马驯成海马，也并不容易。马儿吃不惯海里的水草、海藻，也戴不惯那人造鳃，这都需要有一个适应和习惯的过程。更难办的是，马儿一看到海，就四条腿直哆嗦，死也不肯下海。他们只好借助直升机，在离海面十来米的高度，把马儿掼进大海。在海底，马儿并没有淹死，而是呼吸正常，感觉良好！渐渐的，它们感到肚子饿了，海底有的是水草，于是，马儿就在海底吃起草来了。就这样，马儿就在海底过惯了，变成了真正的“海马”。

《少年科学》，1978年第1期

翡翠岛

王金海

今年初夏的一天，我为了采访培育翡翠三号的新闻，来到了翡翠岛。

一到岛上，育种站站长阿洪伯先领我去看看他们的实验室。走到实验室门口，阿洪伯一按电钮，门就自动打开了。

“哟，简直成了手术室啦！”我脱口而出。

“是啊，马上要给细胞动‘手术’。”阿洪伯一边说着，一边在做无菌消毒的准备工作。

一会儿，阿洪伯在显微镜下做起细胞手术来了。他把水稻的叶细胞和芋艿的根细胞“缝合”成一个杂交细胞。原来翡翠三号就是用这种体细胞杂交的方法培养出来的。

我在阿洪伯的指导下也做起细胞杂交手术来了。在显微镜下，我用微型注射器给水稻的叶细胞壁和芋艿的根细胞壁注射纤维素酶和果胶酶的混合溶液。一瞬间，两个细胞壁破裂了，剩下没有细胞壁的原生质。接着把两个细胞原生质体放入盛有硝酸钠溶液的烧杯里，只见两种原生质像弹子糖一样粘连在一起，粘连部分的质膜沟通了，两个细胞质体搂抱融合在一起，形成了新的细胞壁，就成为一个杂种细胞。我把它放入盛有培养基的试管里，几天后，就长成了翡翠三号的幼株。

幼株栽种完后，阿洪伯摸出一只火柴盒似的录音机，田头顿时响起了优美的《丰收舞》乐曲。阿洪伯对我说："优美的音乐能促使植物早熟。"

"哈哈，真没想到翡翠三号还是个'音乐迷'。"我情不自禁地笑了起来。

随着时间的流逝，一转眼已经到了秋收季节，翡翠三号长满了沉甸甸的稻穗。阿洪伯从田里拔出一棵翡翠三号，根部连着一大串苹果似的球根，放在水里一漂洗，原来是芋艿。

我拍手叫道："太妙了，茎上长稻穗，根部长芋艿。"

阿洪伯说："将来还能培育出地上长小麦、玉米、大豆，地下长甘薯、马铃薯、花生的新型农作物呢！"

《少年科学》，1978年第2期

一本动画小人书

石 霖

眼看儿童节就要到了，我买了一本动画小人书《红孩子》，给弟弟作节日的礼物。那是什么小人书啊，有《人民画报》那么大，有一本长篇小说那么厚，倒不沉，好像一个空盒子。

晚上，我按书背后的说明，在桌子上放个小椅子，把《红孩子》斜靠在小椅子上，正对着40瓦的日光灯放好，距离正好是4.5米，足足忙了半个多钟头。

这时，我打开了这本神秘的“小人书”，嘿，奇迹出现了！只见那画面上先是白蒙蒙的一片，而且发出一种嗡嗡的响声，一会儿，响声变成了很动听的音乐，“小人书”上显出了字幕：红孩子。字幕淡下去，又显出了高山、竹林、流水，一群戴着红军帽、红领巾的孩子蹦蹦跳跳地又唱又笑，接下去就是“红孩子”的故事了，看起来真跟影片一模一样，就是小一点儿。我和弟弟都看愣了。这“动画片”演了一个多小时，结束了书上又是白蒙蒙的一片。

这是怎么回事呢？第二天，在参加课外科研小组活动时，我问辅导员李老师。他对我说：“这‘动画小人书’是今天科学上的一个新创造，制作起来很复杂，但它的科学原理很简单。咱们打比方说吧，你看洗照片时候的显影，落在相纸上的影像，开始显不出来，只有放在显影液里，相纸上的药粉和显影液发生了化学反应之后，才显示出影像来。‘动画小人书’就是用一种特殊的颜料，拌上类似显影液的一种化学药品印制的。印出来后，只有在光的作用下它才发生反应，结果你就看到了一幅图画。怎样让它动起来呢？这是采用了电影的原理，让它每秒钟变换24幅画面，前一个画面显示一下马上消失，立刻又显示出新的画面。但怎么才能显示一下就消失呢，印制‘动画小人书’的那种特殊的合成颜料恰好有这么一个特性，它可以在光的作用下立刻显示出来，然后又立刻消失掉。这样一层盖一层地印在一种类似塑料的底版上，我们在灯下打开看时，就会像看动画影片一样了。‘动画小人书’的声音，是它的底版好像扩音喇叭那样振动发出来的。‘动画小人书’的底版怎么会振动呢？当光照在底版上时，也就把光能传到了底版，这底版也是一种特殊材料制成的。它会把传到它上面的光能大部分反射出来，留下一小部分光能转化为动能，再加上它本身贮存的化学能对动能

起一个放大作用，于是使底版发生了振动，发出嗡嗡的响声。要让这响声变成音乐和说话的声音，就须在这底版上规定一下振动应怎样发生各种变化，好像是给振动铺设一条轨道，要它怎么振就怎么振，这就能发出我们所需要的声音了。”李老师讲的道理虽然并不简单，但我这个中学生总算是勉强听懂了。

不料，晚上我回家时，弟弟已把“小人书”弄坏了。我早上离家时说过，“小人书”的说明上写着，白天切不可打开。谁知他打开了，一种又尖又响的声音吓得他脸色发白，赶紧把书合上，可是他手忙脚乱地把书倒扣在地下，声音也变了。

第二天，我把这桩倒霉事告诉了李老师，他答应带我和弟弟到动画印刷厂去问问。印刷厂的王叔叔接待了我们。他带我们参观了一番后，又看了看“小人书”：“这一定是放在强光下打开了，如果这强光一直不变，也不至于把‘书’搞坏，可是这本书遇到的是一暗一亮的光，把印刷层次和录音录下的频率都打乱了，修理还有点麻烦，得在厂里放几天。”

“好吧，以后我再来取。”我又问王叔叔，“是不是这‘书’接受光线的强弱发生了变化，画面上的化学反应、声音频率、强弱也随之变化，结果上面的人物动作就一会儿快一会儿慢，声音一会儿大一会儿小，一会儿粗一会儿细？”

王叔叔点了点头，在昏黄的灯光下，他让我们看一本“小人书”。啊，画面上的短跑运动员正在跑道上慢慢地飘，好像老头子打太极拳。弟弟嘻嘻地笑了。王叔叔说：“为了这个，科学家和工人同志可费脑筋啦。这个问题不解决，这项印刷工业上的新发明，就不能在各方面广泛应用。为了把我们国家建设得更繁荣更强大，你们好好学习吧，还有许多新问题在等着你们去解决呢！”

《少年文艺》，1978年3月号

太空医院

王亚法

我被大火烧伤以后，同志们把我送到了太空医院。

当我醒来时，口渴得要命，正想喝水，天花板上的一只方瓶突然伸出一根塑料管，插入我的口中，一股清甜的饮料注进了我的嘴里。

一个戴口罩的大夫从外面走了进来：“怎么样，疼吗？”我想朝左边翻个身，同他讲话方便些。我刚想完，不知哪里来的力量，把我推了一下，就翻转过来了。

我正想着这股神奇的力量是从哪里来的，天花板上的小方瓶又伸出一根带针头的注射器，在我手上扎了一针。大夫手里拿着一把小刀，从我的脖子直到肚脐的地方划了一刀，我就像解纽扣一样，撕下了一层乳白色的保护膜。大夫给我解释说："有了这层保护膜，就不会被细菌感染了，还能促使伤口长出新皮。"这时，我把刚才在脑子里想的问题提出来问大夫。他告诉我说："人的大脑在思考时会产生一种生物电，天花板上的仪器就是受你生物电控制的，你想什么，只要和它内部存储的信号相一致，它就开始工作，如帮助你喝水、翻身……"

我在医院里一共只治疗了五天，就痊愈出院了。临行时，大夫还一直把我送到门口呢！

《红小兵报》，1978年3月29日

胡萝卜地里的秘密

肖建亨

有一次，小伙子们在打扫饲养场的时候，发现有几只喇叭下面的野草要比别的地方茂盛得多。那些小伙子仔细地研究了这些奇异的现象后，就大胆地想开了：既然科学家们已经发现超声波、电波、红外线、激光甚至磁力线都能影响植物的生长，鸡和鸭等家禽对各种音乐也有不同的"爱好"，那么音乐对植物又会产生什么影响呢？当时饲养场四周种的全是胡萝卜，小伙子们就决定对这些胡萝卜进行一下试验。他们选了几块地，装上喇叭，并选择了各种各样的唱片，有热烈奔放的，有轻松愉快的，有富有节奏的，有抒情

的，也有悲怆的……总之，一块地里放一种唱片。

时间一久，渐渐地，音乐真的起了作用！有几块地里的胡萝卜长得又快又大。原来，植物也会受音乐的影响，它们各有自己的“爱好”。

可是，这场试验却引起了一场风波。有些生产队长和社员以为这些小伙子是胡搞，一场争吵爆发了。公社党委书记是支持小伙子们搞试验的，还帮着他们和生物物理学家建立了联系。胡萝卜增产的事实，使持反对意见的人转变了态度。但这到底是什么道理呢？

生物物理学家解答了大家的疑问：大自然的一切——四季的变化、光线的明暗交替、气温的高低升降、湿度的变化以及大气中电场的变化——都是有节奏地进行的。植物为了适应这些变化，它们的体内也不断在自动地调节着，使之有节奏地适应环境。依照分析，音乐——一种有节奏的声波，一定是和植物内部的“颤动”发生了共振，从而大大地加速了植物内部的生理过程，加快了植物的生长。

《少年科学》，1978年第3期

心脏停止跳动以后

高炜宾

我一走出机场，就赶忙跑到长途电话业务台，给我妈妈打了一个长途电话，不知爸爸的丧事办得怎样了。

不久，电话接通了。我走进三号通话室，拿起话筒，在电视电话的荧光屏上，出现的竟是我死去了的父亲的笑脸，话筒里传来了爸爸的声音：“你好，我的孩子！”我简直有点不敢相信我的眼睛和耳朵了。我的舌头也僵硬得一句话也说不出来，隔了半晌才说了一句：“您，您好啊，爸爸！”爸爸高兴地说：“我很好，你刚从国外归来，有空回家一趟。”我回答说：“好。”爸爸放下话筒后，我仍拿着话筒呆呆地站着。

爸爸在不久前患了心脏病，由于心肌梗死，大片心肌坏死，心脏已不能再工作了。这时恰逢我要出国，到日内瓦去参加一次国际会议，只能告别身患重病的爸爸。在日内瓦我接到母亲发来的一封电报，说爸爸“心脏停止跳动，正在尽力抢救。”现在，爸爸并没有死去，使我喜出望外。我向领导请了假，决定回家一次，看看死而复生的爸爸。

回到家里，邻居告诉我爸爸和妈妈到体育馆去了，并把座位的号码也告诉了我。我赶紧到市体育馆去，好不容易找到了邻居告诉我的座位号码，但座位上只有妈妈，却不见爸爸。我就问妈妈：“爸爸呢？”妈妈向球场上一指，爸爸正在与一个年轻的小伙子比赛乒乓球，爸爸还以二比零胜了这个小伙子。

我和爸爸、妈妈一起回到家后，爸爸先开口说：“孩子，你一定觉得奇怪吧？”爸爸像讲惊险故事一样，往前凑了凑说：“现在，我身上装了一颗太阳能人工制造的心脏，使我获得了第二次生命。”爸爸伸手摘掉了头上的帽子，说：“你看，这是一顶半导体硅光电池制成的特殊帽子，它可以接收太阳能，并转换成电能，一台小型的微波发射机将太阳能转换成微波能，人工心脏中的接收器将微波能接收下来，并对一个微型蓄电池充电，作为人工心脏的能源。这样，不仅有阳光时有充足的电流可供人工心脏使用，即使在阴天，人工心脏也可以通过蓄电池得到充足的电源。”

我被这科学的奇迹慑服了。

《少年科学》，1978年第4期

未来的燃料

王国忠

我是大学附中二年级的学生，爸爸是大学的化学教授。事情就发生在大学召开科学大会的前一星期。大学党委发了一批科研成就的材料，里面有一篇爸爸的论文，题目是《阳光制氢》。我们附中为了激发同学们对现代化科学技术的兴趣，办了一个“向科学技术进军”的墙报。这次，决定出一期介绍大学科研成就的专辑，墙报编辑组就把采访爸爸的任务交给了我。

可是，这一阵爸爸不回家，偶尔回家也是深夜到、清早走。几天过去了，我还是一无所获，于是只得利用半天课外活动的机会，闯到爸爸所在的化学系大楼去。不料爸爸到市科委去了。实验室的技术员、我家的邻居李老师告诉我：“你爸爸那篇论文，在科技界引起了重视，可能会引起一场燃料革命。”

我请李老师谈谈爸爸的工作。他说：“氢是一种极宝贵的燃料。国内外的科学家预言，未来，氢将代替煤、天然气、石油，成为我们生活中的主要燃料。它可以用来燃烧锅炉发电，可以作为汽车、飞机、轮船的燃料，可以代替焦炭来炼铁。氢的原料是水，燃烧后又变成水，可以说是地球上取之不尽的燃料。

“问题是怎样得到大量的氢。我们用太阳光照射水，让水里的氢分解出来，这就是‘阳光制氢’。这件事看来像是说笑话，但却是切实可行的。汽车顶上放一盆水，阳光照在水盆里，产生氢气，氢气在机器里燃烧，推动汽车前进。燃烧后的氢，又成为水，水再回到水盆里。”

李老师说完后，把我带到化学系大楼的屋顶平台上，那里有三个大水池，水池边上、底部，都有不少曲曲弯弯的管子连接着。“我们的主要工作，是找到合适的药粉，使阳光照射在水里时，能起化学反应，将水分解成氢和氧。第一个池子里的水发黄，那是放的光敏剂。第二个池子里的水有白色闪光，那是放的还原剂。第三个池子里的水蓝莹莹的，那是放的氧化剂。这种药粉，化学上叫作催化剂。这个方法科学上叫作光化学分解水制氢，简称阳光制氢。”

“李老师，这项研究已经完全成功了吗？”我问。“有了些眉目，但还不完善。”李老师说，“现在，我们还在探索别的方法，比如利用半导体作电极，这叫作光电解水制氢。有的细菌在阳光照射下，可以把水中的氢放出来，这叫生物制氢。我们相信，今后大江小河里普通的水，必将成为人们使用的重要燃料。”

在大学科学大会的前一天，我把采访来的材料写了篇报道登在墙报上，题目就叫《未来的燃料》。

《儿童时代》，1978年第1期

旧友重逢

叶永烈

有一天，我正在忙于写作，突然接到海洋研究所老余打来的电话，他请我去吃一条不平常的鱼！老友的盛情难却，我只好答应下来。

中午，我赶到老余那里，他已在研究所门口等我，热情地握着我的手说：“今天是旧友重逢，倍加高兴哪！”

当我走进餐厅时，出乎意料，餐桌上只有一道菜，在椭圆形的盆子里，盛着一条有我手臂那么长、那么粗的鱼。我不由得细细端详起这条不平常的鱼儿来。我一看，就认出来了，这不是鲑鱼吗？因为我跟老余都是哈城人，哈城面临哈江，那里是盛产鲜美的鲑鱼的地方。当我看到鲑鱼的前鳍时，不由得吃了一惊：在这条鲑鱼的前鳍上，扎着一根尼龙细丝。在尼龙细丝的另一端，挂着一只银光闪闪的金属小圈。这金属小圈，正是我们一年前放养小鲑鱼时所做的记号。想不到，它又真的回来了！这真是一条不平常的鱼！

事情发生在去年的春天，我跟老余一起回到了故乡哈城。我的任务是采访老余新的研究工作。而老余研究的新课题是：怎样使越来越少的鲑鱼家族，重新振兴起来。老余经过反复调查，搞清了鲑鱼变少的原因。原来，鲑鱼是一种“江里养，海里长”的鱼，每年秋天，大批的鲑鱼从远海经过几千公里的长途旅行，来到哈江，再溯江而上，来到哈城附近的淡水中。二月花开，春江水暖的时候，鲑鱼产下了新的一代。小鲑鱼随着它的父母离开哈城，沿江顺流而下，出海，在深海里长成大鲑鱼。过了一年，当枫叶红了的时候，鲑鱼再次远涉重洋，来到哈江。这几年造成鲑鱼越来越少的原因：一是海洋污染，影响了鲑鱼的长途跋涉；二是哈江江口以及支流上，都兴建了水闸，这些水闸挡住了鲑鱼的去路，使鲑鱼不易游出去，又不易游进来，于是鲑鱼越来越少了。

为了使鲑鱼的子子孙孙能够延续下去，老余提出了一项大胆的建议，用人工的方法，改变鲑鱼洄游的路线。经过实验，揭开了鲑鱼洄游的秘密。原来鲑鱼是靠鼻子、靠嗅觉判别方向，找到老家的。

动物具有非常敏锐的嗅觉。在我国古代就有这样的诗句：“春风得意花千里，踏花归去马蹄香”。据说有一只蝴蝶，曾沿着马的脚印追逐花香，跟踪来到马厩，歇在马蹄上，把马蹄当成了馨香扑鼻的鲜花！

老余在“踏花归去马蹄香”这一典故的启发下，根据他所做的种种科学实验，提出了鲑鱼的洄游理论：小鲑鱼是在哈江里诞生，熟悉了哈江水的气味。这样，当它顺着哈江的水到了大海之后，过了一年，仍会像那只追逐花香的蝴蝶一样，用鼻子判别方向，回到故乡哈城，重新生活在哈江水里。

根据这个理论，他研制成功了一种X03号的药水，这种药水是一种具有非常强烈气味的液体。只要将出生以后的小鲑鱼养在滴有少量液体的水池中，使它从小就在这种气味的环境中长大。然后，把它们放入大海，过了一年，当枫叶又红了的时候，鲑鱼便再次远涉重洋，在大海中到处寻找X03号的气味。尽管幼鱼是在哈城养育的，是从哈江入海的，但它真正的故乡是哈城。老余在海城的江中倒入少量的X03号，使海城附近的海江都充满着X03号的气味，于是，那些鲑鱼错把海城当成故乡了，纷纷向海城游来。那条不平常的鱼，就是这样从哈城下水，经过一年半之后，在海城被抓住，成了我们中午的盆中佳肴。

《科学画报》，1978年4月号

吴淞口外的警报

王琴兰　　王　沂

外国油轮奥赛罗号在吴淞口外发出火灾的警报，传到了海运学院。我和秦教授以及消防队的陈队长立即登上了005号气垫消防指挥艇，和其他四艘消防艇一起，腾云驾雾似地飞向吴淞口。

奥赛罗号油轮上浓烟滚滚，一片火海。陈队长发布命令："按原定部署，兵分两路，扑上去！"话音刚落，四艘消防艇即从左右两侧飞跃而起，一齐飞上了奥赛罗号的甲板。从消防艇的舱门里钻出了40名个子矮小、力大过人的消防队员，他们每人同时开动两支灭火枪，纵然火烧眉毛也纹丝不动。一转眼工夫，火焰就被渐渐控制住了。

我恨不得一步跨上奥赛罗号，不料双脚踏空，竟一头坠入浪花之中。朦胧之中，我发现一位潜水员正架着我，他的肚皮渐渐膨胀，好像是打足了气的橡皮船，将我托出水面。我又回到了消防艇上。

25分钟不到，这场大火就被扑灭了。陈队长正在询问001关于营救外国海员的情况。清晰的回答声从微型扬声器中传来："报告，四艘消防艇共营救32名外国海员，其中5名英国人、4名西班牙人、3名意大利人，还有20名非洲黑人兄弟。"秦教授告诉我，回答者是

001号消防艇的小队长G·Q·R114。

在秦教授的安排下，001号消防艇的小队长来见我了。他冲着我立正行礼，用清晰的声音说：“我叫G·Q·R114，今天是第一次出海服务。若问我的年龄，我出世才三天！我生就一副钢筋铁骨，耐火耐热，哪怕千度高温，也满不在乎。一旦发生火灾，我就手执特制的灭火枪，冲向火场。我两只手抓得牢、举得重，抓举能力达到三吨半，可以在火灾现场进行灭火、搬运、起吊、救护、排除障碍等各种作业！”

秦教授补充说：“这批机器人可以代替驾驶员驾驶消防艇，可以代替翻译与外国海员会话，还可以统计火灾现场的一些数据。”

秦教授打开了G·Q·R114的胸膛给我看，里面干干净净，只有两只像鱼鳔一样的橡皮袋、两根充气管，全部自动控制。这橡皮袋一充气就出现“大肚皮”，我明白了它就是把我从海中救出来的恩人。打开G·Q·R114的头盖骨，里面是肥皂盒大小、密密层层的塑料薄膜，薄膜上布满了集成电路，这就是电子脑。哦，我懂了，这是一个机器人，G·Q·R114是它的型号。

《少年科学》，1978年第5期

金箭号返航

潘　俊

再过半个月，就要举行全国航模表演了。可是，晓宇和大明制作的金箭号，在七天前的一次飞行中却失踪了。他们正准备再做一架金箭二号时，在天空中突然出现了一架模型飞机，它太像金箭号了，只是机翼的角度小了一点儿。后来，这架模型飞机徐徐降落，停在他们住处的楼顶平台上。

晓宇和大明走到一米多长的金箭号前面一看，发现座舱里多了一个“飞行员”。晓宇惊奇地打开舱室，那个玩具大的小“飞行员”竟然站了起来，跨出机舱，向他俩行了一个军礼，并做了自我介绍：它是一个特地来送信的机器人。晓宇和大明热情地把它请到晓宇的房间里，好奇地问道：“你是怎么会说话的呢？”它拍了拍头上的白色航空帽说：“这里是我的电脑。科学家把许多数字和词汇分别储存在这里面。在我的身体里，还有一个微型磁带和一个小喇叭，这样，我就可以说话了。”

那么金箭号又是谁捡到的呢？机器人道出了事情的真相：那天，金箭号飞到了西部“科学城”的上空，眼看就要在一座高楼上坠毁了。这时，一位科学家伯伯看到了，他马上打开楼顶上的高压空气阀门，于是，在大楼周围形成了一个高压气垫，使金箭号越过大楼，在前边的草坪上降落了。后来，他又把金箭号带回实验室，校正了部分零件，改装了机翼，让机器人驾驶它返航。机器人说完后，从背包里掏出一封科学家伯伯转交给他俩的信。原来这是两位非洲小朋友写来的。信中说，他们也想做一架小飞机，到北京来参加航模表演，但是缺乏一些启动零件，希望得到他们的支援。晓宇和大明毫不犹豫地把原来准备制作金箭二号的启动设备交给机器人，让它驾着金箭号给两位非洲小朋友送去。

金箭号离开亚洲大陆后，飞行在浩瀚无际的印度洋上空。这时，印度洋上一个国家正在搞一次大规模的海战演习，金箭号进入了他们的警戒圈，被军舰上的雷达发现了，霎时间海对空导弹都对准了它，一架高速警戒飞机也追了上来，眼看金箭号陷入了困境。突然，它颠倒着身子向后飞去。这时，从高速飞机上发射出来的空对空导弹，正好和从海上发射的两颗“毒型”导弹相撞，发生了爆炸。那架飞机来不及拉起，也同归于尽了。金箭号贴着海面，从低空快速突围，终于飞向了大洋的彼岸。

十几天之后，一架大型飞机在北京机场降落了。两个黑人小朋友和一个黑人伯伯从机舱里走了出来。晓宇和大明赶忙迎了上去。四个小朋友立即相互拥抱在一起了。

第二天一早，他们一起来到了颐和园，全国少年航模表演将在这里举行。一架架飞机在天上翻飞、侧飞、盘旋，精彩极了。晓宇他们的金箭号和两个黑人小朋友的银狮号一起，如同弄风的春燕，在空中穿梭飞舞着。四个孩子愉快地笑了。

《甘肃文艺》，1978年6月号

海豚阿回

王亚法

正当于教授在红领巾生物考察船上给小军讲海底秘密的时候，“呜”的一声怪叫声，打断了于教授的讲话，原来，潜水员在海里遇到了海怪。于教授叫小军赶快去准备探索号潜水器，把海豚阿回带上，全力抢救潜水员。

两分钟后，于教授和小军乘上探索号沉入海底。于教授递过一张纸条给小军，上面写着“五号地区，一个潜水员在和一只凶猛的海怪搏斗时失踪，望速寻找。”小军接过纸条，放入一架特殊仪器里，变成海豚的语言，告诉海豚阿回。阿回点了点头，抖了抖背，表示乐意接受。

潜水器沉到了海底，于教授叫小军放阿回出去，小军拉下闸把，阿回猛一调头，从潜水器里窜了出去。

于教授和小军从荧光屏上看到阿回在水底礁石丛中找寻潜水员。突然，阿回朝一个井穴般的窟窿里钻去，在一个直径大约五米的窟窿里，仰卧着一个四肢展开的潜水员。阿回在他身边转了几圈，用灵巧的嘴把他托起来，借海水的浮力，推着前进。这时，潜水员艰难地站了起来，小军和于教授从荧光屏上认出他是海底矿藏考察队的队员。阿回又游到潜水员身旁，示意让他骑在自己的背上，把他带出窟窿。

就在潜水员犹豫的一瞬间，来了一条章鱼，阿回立刻朝章鱼扑过去，阿回与章鱼展开了一场大搏斗。章鱼被阿回咬死，阿回也已疲惫不堪，但它仍游到潜水员身旁，把他平安地带到了探索号上。

探索号潜水器返航时，潜水员忽然想起了一件事。他问小军："我的潜水头盔呢？"小军说："在这里。"他马上接过头盔，从里面取出一卷胶卷，交给于教授："刚才我跟海怪搏斗的情景全都拍摄在这里，这对你们或许有点用。"于教授接过胶卷，叫小军去冲洗出来。

半小时后，胶卷冲好了，照片记录了潜水员和海怪搏斗的场面。

潜水器露出水面，迎面驶来一艘海底矿藏考察救生船，一个中年人跳上潜水器，握住于教授的手说："太感谢你们了，你们救了我们的潜水员。"于教授说："这是应该的。"

"呜——"红领巾号生物考察船也向探索号驶来。小军对两位客人说："请上我们船来做客吧。"

《少年科学》，1978年第6期

长 生 水

——在未来世界发生的……

章以武　未　燎

一年一度的舞蹈演员招生考试开始了。

一位身材苗条的少女，在悠扬柔和的乐曲中翩翩起舞。随着乐曲的进行，她的每一个舞姿和造型，都显示着这位少女对舞蹈语言的精通和娴熟。当音乐骤然停住时，她正好停立在大厅中央，顿时掌声四起。

休息片刻后，从立体音箱里，播放出著名作曲家史敏鑫的芭蕾舞曲《生命》。这位少女等序曲一结束，又翩翩起舞了。正当观众被她优美、奔放的舞姿倾倒时，突然在急速的旋转中，她失去了控制，“嘭”的一声，跌倒在地上。医生在抢救时发现她的脚竟是一双假脚。

这位少女叫刘宁，在学校组织的一次探险活动中遇到了塌方事故，把她的一双脚砸断了。尽管神奇的科学替她装上了一双肌电控制的假脚，这双脚能接收大脑发出的信号，几乎跟真脚一样，能走路，也能跳舞，但毕竟是假的，当她在用脚尖跳芭蕾舞时，缺陷就暴露出来了，由于失去平衡而跌倒在地。

刘宁的好友陶玲十分惋惜她的这次失败。一天，她用手托着下巴坐在杧果树下沉思，忽然想起外婆讲的壁虎掉尾巴的故事：壁虎在给灶王爷送信时，常常受鸡鸭狗猫的欺侮。于是，灶王爷让它喝了长生水，这样壁虎再碰到鸡鸭狗猫抓它时，就挣断尾巴溜走了。过几天，壁虎又会生出一条新的尾巴来。要是世界上真有长生水那该多好呀！刘宁喝一杯也能长出一双真脚来了。陶玲的舅舅是国内著名的生物学家，她决定去生物研究所找舅舅。

生物研究所就像是个动物园。大铁笼里的黑猩猩真逗人，陶玲用吃剩下来的面包戏弄它时，冷不防脸上被它抓了一下，划了一条一寸长的伤口，鲜血直向下流。这时，从一幢楼里走出一位女学生，她是陶玲舅舅带的研究生小范姐姐。小范见此情景，急忙把她领进了实验室。小范拿了一只像话筒似的东西，叫陶玲贴在伤口上。话筒上的电线与一只像收音机似的东西相连接。小范扭动“收音机”上的开关，“收音机”发出“吣吣”声，陶玲顿觉在伤口上有无数小针在轻轻地扎着。不一会儿，陶玲的伤口就停止了流血，而且还长出了一层新皮。

“这是一台生物电流发生器，能帮助伤口快速愈合”，小范一边收拾仪器，一边给陶玲介绍说。这时，陶玲马上想到刘宁的脚，急忙问小范，用这种仪器能否使断了的脚重新长出来。小范告诉她，她舅舅正在研究这个啊。

陶玲告别了小范姐姐，来到了舅舅的实验室。实验室里尽是些玻璃瓶、玻璃缸，里面养着海参、海星、壁虎，甚至还有很普通的蚯蚓。舅舅说："这些小生物很有趣，海参遇到大鱼，就会抛出自己的内脏，逃之夭夭。过一段时间，它又会重新长出新的内脏。壁虎断了尾巴，也会重新长出一条新的尾巴来。这些低等生物的神经系统遍布全身，一旦发生意外，神经系统就会通过生物电的作用，使失去的组织重新长出来。高级生物的神经组织都集中在大脑，一旦身体的某个部位受了伤，大脑就分轻重缓急酌情考虑。伤口如不严重，它就让那部分细胞组织再生使伤口复原；伤口严重，它就下令关闭伤口，让伤口结疤愈合。因此，高级生物的再生能力很低。现在，我们用生物电流刺激伤口，不让它向大脑发生'情况严重'的信号，那么大脑就不会发出停止向伤口输送养料的命令，断脚、断手的人就有希望长出一双新脚、新手了。"

几天后，舅舅在一只缺了右臂的黑猩猩身上，接上了一根根各种颜色的电线，他把生物电流发生器插入黑猩猩的右臂。结果，实验失败了。

生物研究所邀请了全市著名的专家、教授来所会诊。市一医院的孙院长突然拍了拍脑袋："我们犯了一个原则性错误。新肢生长需要脂肪、纤维、钙质等营养物质，我们只注意了生物电的调节，忘记了补充营养物质。"孙院长的一席话，使舅舅茅塞顿开。

半个月后，黑猩猩果真长出了一只新的右手臂。

陶玲的好朋友刘宁在舅舅的帮助下也长出了新脚。她在芭蕾舞《生命》中扮演了主角。刘宁踏着旋律翩翩起舞，她那优美、利落的舞姿，惊艳四座。

《广东文艺》，1978年6月号

陨落的生命微尘

刘兴诗

在某大学任教的天文学家何高川教授，在一颗梨形陨石的外壳内意外地发现了一些隐隐约约的平行线条，这与沉积岩十分相似，而沉积层是水流生成的，水又是生命发生的温床。难道当初在古星上也有生命存在？何教授在论文中宣布了这一重要发现，谁知竟遭到了信奉唯心论的大学校长的非难和指责。

20世纪30年代的一天深夜，何教授的学生徐瀚带了一把古色古香的素绢团扇来拜访他。只见扇柄上系着一块十分罕见的黑陨石。化验结果显示，其中含有大量的碳素，像是含碳的有机化合物的残迹。黑陨石里似乎还有一个植物孢子的印痕，可惜它在飞入大气时已被烧毁，很难做出肯定的结论。扇面上的一句诗："42年一来去"，给他们提供了启示。查阅了有关记载，果然是每隔42年出现一次流星雨。何教授由此推知，40年代中叶，流星雨将再度降临地球。

望眼欲穿的这一天终于来临了，陨石雨降落在内蒙古西部的草原上。何教授辞去了职务，和徐瀚一起来到了那里，历尽艰险，却仍未找到企盼中的标本。

42年以后，已经提升为教授的徐瀚继承了老师的遗志，为了搜寻陨石标本来到了西藏高原。在当地藏族老乡的指引下，徐瀚和天文台的其他同志终于找到了向往中的黑陨石。奇怪的是，它的中心竟是空的。徐瀚在空洞的内壁上发现了几个极小的圆瘢痕。莫非这是夹藏在陨石核内的植物孢子留下的印痕？

为此，徐瀚专程到植物研究所的人造温室去，拜访了正在那里工作的邓教授。在这里，一丛蓬蓬勃勃、枝杈蔓生的古怪植物却引起了他的注意，它浑身蓝幽幽的，和周围的绿色世界很不协调。这岂不是其他天体上的植物？一了解，它不是在西藏找到的，而是从黑龙江寄来的。这时，刚刚推门进来的邓教授告诉徐瀚，这是两位复员回黑龙江的战士，在西藏的一座荒山上拾到的。

徐瀚和邓教授一起特地访问了这两位复员的战士，才把一切问题都弄明白了。原来，这古怪植物正是陨石内的小孢子长成的。这种植物原本生活在干燥、寒冷的古星上。古星破裂了，偶然遗落在星体上的几粒植物孢子，便封存在一小块古星表层的沉积岩内部，在冷漠的太空中不停地转动着。孢子具有顽强的生命韧力，又有天体沉积岩外壳的保护，它们忍受了极度的低温和强烈的宇宙射线的侵袭，沉睡了亿万年，偶然随着陨石落到地球上，生命在孢子内苏醒了，它们便开始萌芽生长了。

《少年科学》，1978年第7期

新奇的球赛

王　汶　　迟　方

晚上，室内体育场内亮如白昼，市足球联赛冠军队钢铁队和核电站队的比赛就要开始了。两队的队员坐在主席台旁的座位上，他们每人头上都戴着一顶奇怪的帽子，帽子上面伸出几根长长的触角。

七点整，足球赛开始了，两队上场的都是机器人。原来，钢铁队为了准备参加全国比赛，最近正在抓紧训练，体力消耗较大，今晚比赛改由机器人上场。反正每一个运动员独立操纵一个机器人，所以仍能表现出每一个运动员的技巧和风格。

不一会儿，球赛进入了高潮，核电站队的5号机器人飞起一脚，把球传给3号机器人，3号用头一顶，从20米外将球顶入球门。全场欢呼，掌声雷动。

最后，比赛以2∶1结束，核电站队获胜。正在观众欢呼、鼓掌的时候，突然，核电站队的2号机器人直挺挺地倒在地上一动也不动，场上所有的人全愣住了。半分钟以后，两队的运动员哈哈大笑，观众也开始明白过来。原来是核电站队2号运动员太兴奋了，竟把头上的帽子扔了起来，于是，2号机器人就失去控制，倒在地上了。

这真是一场既新奇又有趣的足球赛。

《少年报》，1978年7月19日

橙黄色的头盔

王亚法

我为了拍摄水下镜头来到西沙群岛，一个渔家孩子海虎陪着我出海。船正行驶在平静的海面上，突然，船后响起了一阵“哗——”的拨水声，海虎凑到我耳朵边悄悄地说：“准是海龟。”说罢，他准备下水去。

意想不到的是，从水中竟冒出一只犹如海蜇的橙黄色怪物，海虎正想用桨劈去，怪物已经上了船，脱下了头盔。还没有等我看清他是谁，海虎就认出来了，原来是海洋生物研究所的李望远叔叔。他戴的头盔的外壳又轻又光滑，前端装着两块半球形的玻璃，在嘴巴和鼻子的地方装了一束蓬蓬松松的像大胡子似的东西。海虎把我介绍给他后，我们便交谈起来。海虎在一旁摆弄着头盔，学着李望远刚才的样子，把头套了进去，但刚套进去就急着把头盔脱下来，看样子像是闷得发慌。老李看到海虎这副样子，就轻轻地推了他一下，海虎掉进了海里。老李像没事一样："咱们再谈吧！"他见我显得很不安，就把那橙黄色的头盔的秘密告诉了我。原来，这是人工鳃，戴上它，在水里就能像鱼一样自由地呼吸，想在水下待多久就可以待多久。我听了十分感兴趣，就单刀直入地问他："那么，人工鳃又是根据什么原理制成的呢？"老李说："过一会儿有人会告诉你的。我们先上小岛去做客吧。"这时我心里总惦念着海虎，他却若无其事地说："没关系，丢不了。"

我们上了小岛，从一顶不大的白色帐篷里传出了喊话的声音："海虎，老李在哪里？""老李在船上。"这是海虎的声音！老李生怕我打断他们通话，一把拉住我，要我继续听下去。"请你通知老李来铜钱岛。""我在这里呐！"老李这才大喝一声闯进帐篷去。

进了帐篷，老李一边给我介绍："这是任晋法同志，"一边对任晋法说，"老任，你陪他坐一下，我去接海虎。"说罢，他就走出了帐篷。于是，我就急着向老任请教关于人工鳃的问题。他从箱子里取出一只标本瓶，指着浸在药水里的鱼鳃说："你看，鱼鳃上长满了许多鳃丝，鳃丝两侧有许多小鳃片，鳃片的表皮很薄，里面有丰富的微血管，血液流过时，可以直接吸收溶解在水中的氧，同时排出二氧化碳。在头盔上也有许多胡子样的东西，上面长着许多细绒毛，绒毛上的一个个小点点在水中会自动张开，吸取水中的氧气，而把水完全隔在外面。在陆上，它完全不透气。"

喔，怪不得海虎戴上这玩意儿闷得慌。老李把他推到水里去的谜，我终于解开了！

这时，外面传来了沙沙的脚步声。老李和海虎一起走了进来。海虎高兴地对我说："这头盔真有意思，刚下水时，不敢吸气，憋

了好一会儿，才吸了一口气，只觉得吸进的空气清新凉爽，这下可来劲了，我在水下一个劲儿地划。突然，一条凶恶的鲨鱼向我追来，我横了心，准备跟它搏斗，刚转身，它就受惊溜了。”

老任对海虎说：“鲨鱼是看见你的橙黄色的头盔逃跑的，因为鲨鱼最怕橙色。”

我央求老李把头盔借给我，解决我明天水下摄影的问题。他们一口答应了我的要求。

当晚霞洒满了海面时，我们才依依不舍地离开了铜钱岛。

《我们爱科学》，1978年第1期

2001年唐山大地震报告

未 燎　　章以武

几年来，世界熟知的环太平洋地震带出现了异常的寂静，但是，今年以来寂静又消失了，呈现出一连串大地震前的可怕兆头。据权威科学家透露：唐山地区又将发生八级以上的大地震。世界各国地震台，相继发出了唐山即将发生大地震的骇人听闻的消息，然而，唐山地震台对此却静悄悄的一声不吭。科委决定派女工程师李镇找地震台台长了解一下情况。

李镇到了地震台，值班人员告诉她，周华台长正在玳瑁岛搞一项试验，明天可以乘他们的汽艇同往。

李镇想起了七年前在南方遮浪岛与她并肩战斗过的地震迷周华。那时，李镇刚从大学毕业，分配在县的科教办工作。有一天，科教办来了一个二十四五岁的小伙子周华，他在县一中教书，是有名的地震迷。他向科教办的马主任反映，根据他半个月来对玉峰山重力场的变化的观察，估计三天后，离这里一百多里的遮浪岛会发生六级浅源地震，相隔不到一天，这里也会跟着发生地震。马主任说他杞人忧天。周华镇定自若地对马主任说：“你不相信的话，最好派个人跟我一起去遮浪岛实地观察，一旦发生地震，就用无线电向你报告。”“那你岂不是去送死吗？”老马用讥讽的口吻回答周华。“古人有句名言：‘不入虎穴，焉得虎子！’我想胆小鬼是不能干地震这一行的！”周华顶了他一句。这句话给李镇留下了深刻的印象。她决定和周华一起去遮浪岛。

到了岛上，周华细心地观察了岛上的各种仪器，分析岛上的重力场变异。驾驶员小刘在岛上溜达时发现了一个掩盖在灌木丛中的黑洞，他扑下身子，打燃了液体打火机，这才看清楚：原来这里是一个地下弹药库。一不小心，打火机掉了下去，从洞里升起了一缕淡淡的青烟。周华见此情景，赶紧带着他们跑到500米以外的一个山坡上隐蔽起来。轰隆一声，石头泥块，横飞四射，地下弹药库爆炸了。

当晚，岛上的各种地震仪反映出吓人的记录，预示着地震马上就会发生。果然，岛的上空闪现一片可怕的白光，脚下发出无比深沉的“呼呼呼”声。大地震提前到来了。后来，周华根据这次地震的实地观察，写了一篇《遮浪岛地震报告》的论文，发表在我国的《科学年鉴》上。这次地震证明用重力场变异来预测地震，尤其是预测突发性地震是行之有效的。由于岛上的地下弹药库的爆炸，使这次地震提前发生，而且震级要比原来估计的小。周华认为，在深层爆炸小型原子弹，制造人造地震，可以使大地震变为小地震。这样，就可以揭开主动控制地震的崭新一页。

此后，李镇和周华就再也没有见过面。

今天，唐山地震台决定在这次环太平洋地震带首震地——玳瑁岛举行记者招待会。李镇和记者一起来到了玳瑁岛。周华台长在会上宣布：这次地震从今天10点35分开始在玳瑁岛首先发生。周华的话刚说完，脚下就传来一阵震动，屋子微微摇了摇，汽水瓶翻倒在桌上，紧接着一阵骚乱。周华对大家说：“我以唐山地震台台长的身份，保证各位的生命安全。”他还向大家宣布：“这次地震已被我们征服，为了使大家了解这次试验情况，我带大家去参观一下试验中心。”

周华带着大家来到了试验中心，只见奶白色的仪器，闪着红、黄、蓝、紫的小灯。周华向大家介绍说：“大地震就像一个大气球，你老是吹气，球就越来越大，到时候‘啪’的一声，来个总爆炸，成了翻江倒海的大地震。我们现在用一种超干净的小型原子弹，释放地下大量的能量，使今天玳瑁岛地震从原来的七点五级，减小到三级多。我们还在试验用地震波发电，让地震老老实实地向人类还债！唐山地震也准备照此办理，这就是我们唐山地震台为什么迟迟不发布地震消息的原因。”

2001年2月7日发生的唐山大地震就这样被控制住了。唐山市的千家万户沉浸在节日的愉快气氛中。

《浙江文艺》，1978年7月号

小灵通漫游未来

叶永烈

记者小灵通乘着气垫船到未来市去采访。在船上，他遇到了小虎子和小燕兄妹俩，他们很快就成了好朋友。

未来市到了。小虎子的爸爸和妈妈各开一辆未来牌无轮汽车来接他们。这种汽车跑起来非常快，就像在地面上飘似的，所以又叫“飘行车”。坐飘行车非常安全，因为它装有自动避撞装置和自动紧急刹车装置。

小灵通到了小虎子的家。小虎子的曾祖父正在和机器人铁蛋下象棋。他年纪那么大了，身体可真好！小燕说：“曾祖父分别在67岁、96岁、108岁的时候，生过三次大病。一次是肺烂了半边，动手术换了一叶人造肺。又有一次是肝脏坏了，换了个人造肝脏。还有一次是心脏无法跳动了，换了个人造心脏。在我们家，曾祖父的年纪不算最大，他的爸爸、妈妈都还健在呢。”

在小虎子家里，小灵通吃了一顿非常稀奇的午饭。饭是用人造大米煮成的。第一盘菜是五香酱蛋，那蛋足足有小西瓜那么大，而且里面没有蛋黄，全是蛋白。把人造蛋白质灌进椭圆形的塑料袋里，用开水一煮就成了这个样子。另外一盘菜是清蒸肉丸，这肉丸是用人造肉做的。第三盘菜是萝卜炒黄瓜。萝卜是秋季蔬菜，黄瓜在夏天上市。未来市农业科学研究所用萝卜与黄瓜杂交，培育成这种新品种“萝瓜”。这种作物上面长黄瓜，下面长萝卜，萝卜和黄瓜同生共长，同时收获。

晚上，小灵通和小虎子、小燕到街上去走走，未来市的夜色十分迷人，到处发出彩色的光芒。小虎子说，那是因为在房子的墙壁上，涂了一种夜光颜料，有的干脆用夜光塑料作为墙壁。而衣服上的荧光，那是夜光颜料发出来的。

小灵通仰视天空，发觉天上有两个月亮！在一个圆溜溜的月亮东边，还有一个像钩子似的月亮。他问了小虎子，才弄明白：那弯弯的银钩月，才是真正的月亮。而那明亮的圆月，原来是一盏小太阳灯。到了晚上，它大放光芒，把未来市照得一片雪亮。这灯是装在一颗人造卫星上的。这颗人造卫星始终停在未来市的上空，像嵌在夜空中的一颗晶莹的大宝石。

第二天清晨，小虎子从口袋里取出香烟盒似的半导体电视电话，收听广播。播音员广播说：“现在播送未来市气象台发布的今天天气协商结果——由于今天上午举行全市第八届运动会，经各单位协商同意，上午6点到12点，控制本市市区的天气为晴天，郊区下雨，因为目前正是夏季庄稼生长旺盛季节，需要雨水。今天中午12点至1点，市区下一小时雨冲洗街道。郊区至下午6点转为晴天……”

早饭后，小虎子和小燕陪小灵通去参观人造粮食厂。这个厂真古怪：整座厂房和墙壁、屋顶也都是绿色的。小虎子的妈妈在这个厂里工作，她告诉小灵通，厂房的墙壁和屋顶是用透明的塑料做的，夹层中涂着绿色的人造叶绿素；这种人造叶绿素在太阳光的照射下会发生光合作用，制造出大量的人造淀粉；这些雪白的人造淀粉经过一台台成型机加工后，就成了一颗颗珍珠般的人造大米。

下午，小虎子陪着小灵通到未来市的农场去参观。小虎子的爸爸在这里工作，他告诉小灵通，这儿的庄稼不仅长得又高又大又好吃，而且长得非常快：一个月可以收一次苹果，半个月可以收一次甘蔗，十天可以收一次白菜、菠菜……

在未来市住了几天后，小灵通急于回去，小虎子全家出动，到未来市火箭飞行站给他送行。火箭起飞了，透过舱前的玻璃窗，小灵通看见小虎子全家都在向他频频挥手，就连铁蛋也在那里一前一后地摆着手呢！

回到自己的房间后，小灵通便从抽屉里拿出一大沓空白的稿纸，把在未来市漫游的种种见闻写了下来，一气呵成写了这本《小灵通漫游未来》。

《小灵通漫游未来》，少年儿童出版社，1978年8月

雪山魔笛

童恩正

天嘉林寺曾经是红教的圣地。在红教的历史中，天嘉林寺笼罩着一层神秘的色彩。其中，流传最广的是有关最后一届高僧拉布山嘉错的事迹。据说他精通巫术，能降魔伏鬼。他还有一支魔笛，可以召唤山精现形，前来听他讲经。我们自然知道这些传说是带有浓厚的宗教迷信色彩，是不足信的。

天嘉林寺虽已残破，但尚未完全倒坍。经堂的佛像、神龛、经鼓等都大致无缺。我们这支考古调查队的这次工作重点也就放在这里。

经堂中央是红教的主神之一，降魔天尊的塑像。我们在对这尊

塑像测绘和照相过程中，发现佛像的腹部中央有一块长方形的痕迹，用手铲轻轻撬开泥胎，露出了一扇活门。打开活门，果然发现一个很深的方龛，里面放着一个铜盒。我们怀着强烈的好奇心打开了盒盖，里面放着一支骨制的笛子、一卷羊皮纸的手抄本，上面写着古老的藏文：

“其时雪积满地，湖冰如镜，万籁俱寂，山林沉睡。拉布山嘉错大师端坐诵经，吹笛作法，山精鬼怪，接踵而来，僧谷诸众，合十膜拜。共叹佛法无边，神灵常在……”

这难道是真的吗？我以为最好的办法，就是立刻吹响这支“魔笛”。现在正是夜晚，万籁俱寂，山林沉睡，一切条件都和传说相符。如果笛声真的召来了“山精”，那就证明拉布山嘉错确实佛法无边，让我们向他致敬；如果啥事也没有，那就证明这种传说是一个骗局。一切让实践来回答吧。

于是，一个队员将笛子吹响了，笛声在寂静的夜空里回荡。笛声停止以后，帐篷里仍然悄无声息。不知道什么原因，每个人都感到了一种紧张的期待气氛。突然，有个队员听到外面有轻微的脚步声，接着听到有一只脚踩在空罐头盒上的声音。我走到帐篷门口，掀开挡布，用电筒四处照了照，除了周围皑皑白雪和似乎已经沉睡的山林以外，既无人影，也不见兽迹。大家哈哈大笑起来。

第二天清晨，我正在酣睡时，突然被人急促地摇醒。我立刻意识到有什么意外发生了，走出帐篷，看到有一种奇怪的脚印。这明显的是两足动物的脚印，一左一右地排列着。脚印分两行，一来一往，似乎是一个用两足行走的生物，异常谨慎地来到了帐篷门口，窥探以后，又走了回去。我立即判断出这不是人类的脚印，又不是猿类的脚印，更不是其他动物的脚印，这是一组奇怪的脚印。这时候，调查队其他人都已经起来了，大家看到这种奇怪的脚印以后，都面面相觑，不知该怎么解释。

我虽然不能解释这种神秘脚印的来历，以及它和“魔笛”的关系，但是知道这是一项极为重要的科学发现。为了保护这一珍贵的资料，我们选择最清晰的脚印，绘图摄影以后，又浇注了石膏模型，连罐头桶旁边的血迹也连雪铲起，装进玻璃瓶密封起来。当天下午，我们将“魔笛”、手抄本、脚印的照片和模型，以及血液标本运到拉萨，转送到中国科学院有关研究所去。

三个月以后的一天，接到北京来电，邀请我们参加一次综合性会议。

会议开始时，人类学家朱苇教授先请我们介绍有关情况，接着朱教授汇报研究的结果。

朱苇教授说："我们解决的第一个问题，就是脚印究竟是什么动物留下来的。根据送来的脚印照片和石膏模型，以及分析测量证明，是介于人类和猿类之间，大约100万年以前生存过的一种与直立猿人相近的高级灵长类。从战国时代开始一直到近代，都发现康藏高原上有'野人'，可能就是藏族传说中的'山精'，实际上就是那种在100万年以前生存过的猿人。现在，在康格山深谷的温暖地带与世隔绝的原始森林中，有一支猿人奇迹般地生活下来。像这种远古的化石动物在康藏高原复杂的地形中幸存的情况，并不是绝无仅有，如曾经与猿人同时生活的猿和大熊猫，就都有后代存活到现在。那么，'魔笛'与猿人究竟有什么关系呢？我们用录音机将'魔笛'的声音录下来，然后对现代生存的四种类人猿进行了试验。结果电生理仪器告诉我们，在听到这种声音以后，类人猿立刻产生条件反射，胃液、唾液分泌增多，并且顺着发声的方向去寻找食物。它们找到食物以后召唤同伴的声音也大致和笛声相似。'魔笛'实际上是模仿猿人觅食的声音而制造的。两百多年来，笼罩着天嘉林寺的神秘色彩，原因也就在这里。今天请大家来，就是想初步讨论一下调查的方案。现在请同志们发表意见。"接着是一场热烈的讨论。

一条条建议、一项项设想，汇成了一个完整的行动方案。

我们的观测站设置在天嘉林寺废墟的经堂里，装置着闪烁红绿信号灯的操纵板，壁画前面是大大小小的荧光屏；雷达和电视的接收天线矗立在屋顶上。

计时器发出"嘀嗒，嘀嗒"的声音，时间在流逝。虽然我们已经值了一整天班，可是大家的眼睛还是集中盯在发着淡绿色光芒的雷达屏幕上。突然，在雷达屏幕上出现了一个光点。操纵员调整一下旋钮，光点迅速变成了一个微弯着腰的人形动物。

“方位150，距离20千米。”雷达员报告说。

朱苇教授发出命令：“大家注意，实验开始！”他按了一下电钮，电子“魔笛”发出召唤猿人的声音。灌木动了起来，枝叶逐渐分开，出现了一个人形的脸，小心地窥探着。终于，一个影子慢慢地钻了出来。他的头上披着粗长的头发，除了脸部以外，全身都有茸毛。他的身体强壮，两臂很长，脚却很短，而且微微弯曲。他围着一块熊皮，一手持着一块拳头大的石制刮削器。在空地中央放着粮食和牛肉，猿人发现了这些食物以后，显然十分兴奋。他回过头去，发出了一种低沉的、音节分明的声音。随着这个猿人的召唤，丛林中出来了另外几个猿人，有男的和女的。他们看到食物后，脸上出现了惊喜的表情，互相用低沉的语言交谈着，还做着生动的手势。

对他们进行了细致的观察以后，在场的科学家兴奋地议论着：“……他们已经能够制造工具，能够劳动，他们已不是猿，而是属于人的范畴了。”

就在我们议论的时候，猿人们已扛上粮食、牛肉，慢慢地消失在密林深处。但是这些朴实的大自然的儿女哪里会知道，在粮食和牛肉中，我们都装置了微型无线电发射机，根据电波再去追踪他们的藏身洞穴，那就是一件非常简单的事情了。

《少年科学》，1978年第8、第9期

火龙的秘密

汪秀兰　　王凤海

那是60年以前的事了：小海爷爷出海捕鱼遇到了暴风雨，他们赶紧到了一个小岛的山洞里去躲避。一阵电闪雷鸣之后，只见大海上有一条火龙正在翻滚着。

今天，小海带小牛和阿红，驾驶着一艘小汽艇悄悄地出海。小海给家里留了一张纸条，说是到浪花岛去找火龙。

在浪花岛的一个山洞里，三个孩子围着一堆篝火。小岛突然摇晃起来，岛上的岩石从山上滚向大海，激起团团浪花。地震过后，海涛发出了震耳欲聋的声响。三个小孩趴在地上，望着海面，一个闪电像探照灯一样，把海上照得雪亮，接着，海面上真的出现了火龙—— 一团火在翻滚着。小海让小红留在岛上，他和小牛驾着小艇向前驶去。小牛发现海面上漂浮着一样东西，小海用大勺子把它从海中捞起一看，好像是一团被水浸湿了的泥巴，他就随手放进了水壶。

小海、小牛回到小岛上，小红吃惊地拉着他们跑到山顶上。他们顺着小红指的方向看去，在海滩上伏着一条大鲸鱼。只见在鲸鱼肚子处打开了一扇门，放下一条梯子，从里边走出几个人，正在向这里走来。后来，他们被一个年轻的女人发现了，一位老伯伯慈祥地问他们来这里做什么。小牛回答后，把水壶交给他，他看后就交给一个阿姨去化验。

老伯伯领着他们到“鲸鱼”里去作客。“鲸鱼”原来是一艘潜水艇，里面有十几个房间。他们在一间像会客厅的房间坐下，刚才那位阿姨来叫老伯伯去一下。老伯伯回来告诉他们，化验结果出来

了，那是原油渣，这一发现很重要，为寻找石油矿苗提供了线索。

鲸鱼号潜艇潜入水中航行，远处出现了一座透明圆顶的建筑物，这是我国刚建成的第一座海底石油生产基地。潜艇停靠在一个方形“码头”，他们通过一条隧道，进入这座玻璃城堡。城堡中间有一个小小的广场，向四面伸出四条小街，连接着四座不同式样的建筑物。他们来到一座写着海洋石油勘探研究所的船式楼房，研究所的所长已在等候他们。所长亲切地问他们怎么会对火龙产生兴趣的，小海说：“听爷爷讲火龙的故事以后，我们猜想可能是海底的石油矿，在地震后原油渣漂浮上来，被雷电击中燃烧而产生的。”

老伯伯称赞他们判断得很对。

第二天，阿姨带他们去参观海底公园。他们每人穿上一套潜水服，骑上一辆水下摩托，驶入海底，到达珊瑚林。这里真是一座叫人眼花缭乱的海底公园：五彩缤纷的珊瑚树，婀娜多姿的海草，千奇百怪的游鱼。要不是阿姨的频频催促，他们才不会离开海底公园呢！

在石油城的投产庆祝会上，老伯伯介绍了小海他们根据火龙的故事，找到石油矿苗的事迹。电视台也播放了这次大会的实况。

《少年文艺》，1978年8月号

怪　鸟

信天翁

早晨六点钟，我来到了电影厂门口，那里停着一辆面包车，摄影师招呼我立即上了汽车。

汽车里有一个很大的操纵台，上面布满了仪表、按钮和开关，还有两个很大的荧光屏。在椅子前面有一个通到汽车顶上的观察镜（类似于潜望镜那样的东西）。我正想要问这是什么东西，摄影师给我介绍说："这叫'怪鸟'，今天我们将要用它来试拍一些镜头。"

汽车到了目的地不久，一位操纵手跑来向导演和摄影师报告说：准备就绪，可以起飞了！导演叫我先在车外看看怪鸟是怎么起飞的，然后再到车里去看他们怎么工作的。

白色车顶上张开了两扇门，一对白色导轨向上斜着慢慢地伸出来，导轨下端有一只怪鸟。怪鸟是一架特殊的模型飞机，外形与鸟十分相似。"唰"的一声，怪鸟在助飞火箭的推动下，平稳地飞上了天空。

我赶紧跑进车厢，只见荧光屏上显出了从空中俯瞰的画面。荧光屏上又显出了远处的森林，森林上空还有几只老鹰在盘旋。“让怪鸟过去看看好吗？”摄影师向操纵手建议。“好！”怪鸟果真朝着老鹰方向飞去。原来，这只怪鸟是由无线电遥控的。

当怪鸟越来越靠近鹰群时，导演发出了“准备录像”的命令。从荧光屏上可以看出，那几只老鹰正在袭击湖中游泳的一群绿头野鸭，野鸭发现了空中敌人，“轰”的一下都飞走了。老鹰又飞到野鸭的上空，向它们扑将下来，用有力的两爪抓住了野鸭的肩膀，然后，再用利嘴朝着野鸭的脖子咬去，只一下就结束了它的生命。

“停拍，返航！”导演发出了新的命令。等我从车厢里走出来，怪鸟已降落在离汽车几米远的一块空地上。一位操纵手跑过来向我介绍说：“怪鸟的两只眼睛就是两个录像机镜头，所以我们在荧光屏中可以看到它在空中所见到的一切，由它来代替人去拍摄危险的镜头……”

《新体育》，1978年8月号

伤疤的秘密

叶永烈

我跟我哥哥是双胞胎。我们家的隔壁住着冶金研究所的研究员金伯伯。他喜欢我哥哥，也喜欢我，可是我俩在一起的时候，他却不喜欢，还常喃喃自语；“要知道，难辨难分的双胞胎，给我的科学研究带来多大的困难哪！”

一天，我捅了个蜜蜂窝，一大群蜜蜂窜出来，向我进攻。这时，哥哥赶来了，他还不知道发生了什么事，几百只蜜蜂已朝他猛刺过去。哥哥摔了一跤，头撞在水泥墙角上，鲜血喷涌而出。

金伯伯闻声赶来，把哥哥送进了医院急诊室。X光检查结果，头骨碎了一块。奇怪的是，那金伯伯却和医生商量，要用什么“糖”来进行修补。更奇怪的是，哥哥伤好了以后，竟一点伤疤也没留下。

为了弄清那“糖”的秘密，我和哥哥来到了金伯伯家。金伯伯告诉我们：“这‘糖’是从蜂蜜中提炼出来的。”他拿出装有“糖”的玻璃瓶给我们看，天哪，这分明是银光闪闪的金属。原来这是钽，我错听成“糖”了。

金伯伯还对我们说，这种金属不怕浓盐酸和浓硝酸配成的王

水，连用火烧、用碱水煮都不怕；它还具有亲生物性，人的肌肉也能在钽做的人造骨头上生长。

哥哥受伤以后，医生用钽做成一块“补丁”，嵌进头骨的窟窿里。一段时间后，哥哥的头骨和钽做的“补丁”就浑然一体了，肌肉和皮肤也牢牢地长在“补丁”上，于是疤痕也消除了。

可是银光闪闪的钽，怎么会是从蜂蜜中提炼出来的呢？我和哥哥到冶金研究所去参观以后，才弄明白，原来钽不但非常稀少，而且分散。世上有没有专门收集钽的动物或植物呢？研究人员到处寻找，才发现紫苜蓿的花蜜中含有很多钽。他们请蜜蜂帮忙收集花蜜，并进而从紫苜蓿蜂蜜中提取钽。

最后，金伯伯又告诉我们："钽有个'孪生兄弟'——铌，它们难分难辨，并且很难分离，这就使提炼钽的工作十分困难。有趣的是，紫苜蓿只吸收土壤中的钽，不吸收土壤中的铌，分离钽和铌的难关就这样被突破了。进一步的研究揭示，紫苜蓿根部分泌的溶钽素，只溶解钽，不溶解铌，于是'双胞胎'钽和铌也被分开了。"至此，我和哥哥才弄明白：金伯伯为何老是把我俩跟他的科学研究扯在一起！

《我们爱科学》，1978年第2期

第三颗纽扣

陈日朋

冯教授因失去一颗纽扣十分焦急。他要女儿华英帮忙找一下，偏偏这时来了电话，要华英去参加宇航二号的试验。

冯教授在找到纽扣后，就坐在电视阅读机前阅读论文《心脏电流的输入输出》。

在实验医学院里，冯教授和王所长正在通过电视观看宇航二号的试验。

电视屏幕上出现了潘总工程师，王所长大吃一惊，因为潘总工心脏病正在发作。只见潘总工挥动手臂，满脸淌汗，突然，身体一歪……

王所长急得跳了起来，冯教授急忙将他按住。

手术结束后，王所长和冯教授坐了一辆小汽车，去医院探望潘总工，不料潘总工并未去医院。

他俩又到了潘总工家里，只见他坐在藤椅上，正在同几个记者谈论宇航二号的试验。

王所长问潘总工："你怎么这样快就好了？"

潘总工说："没什么，开始我觉得胸闷，过了一分钟光景就好了。"

这时，冯华英和王工程师来向潘总工报告，试验已经成功。华英的目光停留在潘总工上衣的第三个纽扣上，她问冯教授："爸爸，你的纽扣找到了？"

潘总工笑着对冯教授说："现在应该揭开你的秘密了。"

冯教授向大家介绍说：“这是我设计的温差电池，它利用人体的温度来发电，供心脏使用。”

王所长听后，好像从五里云雾中清醒过来，想起了冯教授刚才在汽车里对他说的话：心脏的收缩和舒张，全靠窦房结发出的微弱生物电。生物电不足或电路不通，心脏就会停跳。现在，有了这种电池，停止跳动的心脏就会重新跳动起来了。

《长春日报》，1978年9月14日

呆姑娘变聪明啦

黄天戈

小莹和明明放学回家，一进院子就看见比她们大几岁的姑娘——吕萍站在门口。

“我来看你们了！想不到吧？”吕萍笑盈盈地说。

的确，小莹和明明做梦也没想到，可怜的呆姑娘吕萍姐姐居然能到这里来看她们。要知道，她连自己的生活也不会料理，平常没人带领是根本不出门的。记得一年前，她被城外一个研究所接去，以后就再没有看见过她。现在她简直变成了另外一个人。这是怎么一回事呢？

吕萍看出了小莹和明明的疑惑，就原原本本地告诉了她们：这个研究所叫作“分子生物研究所”，所里有位柯伯伯，是他给吕萍姐姐治好了病。柯老伯伯认为，一个人得了呆病，表明脑细胞的遗传基因有某种缺陷，不能通过脑神经来正常指导人体各部的动作。于是，他就每天往吕萍的脑子里注射人工合成的健康遗传基因，渐渐地吕萍也就变成和大家一样的正常人了。最后，吕萍告诉她们，柯伯伯已把她留在研究所里，让她在那里读书。她还邀请小莹和明明去参观那个研究所。

到了暑假，小莹和明明决定去参观分子生物研究所。这个研究所建在半山坡上，四周种满了玉米。小莹和明明向前一望，吕萍正在研究所的大门口迎接她们呢！

“你们研究所干吗要种庄稼呢？”明明问道。

吕萍听后，像个有学问的大人那样回答道：“大豆的根部有一种根瘤菌，它能把空气中的氮固定下来，而氮肥是农作物的主要肥料。柯伯伯利用大豆根瘤菌上的遗传基因，把它移植到玉米的细胞内，让玉米的根部也有根瘤菌，也有固氮的能力。所以，这大片大片的玉米长势这么好，可并没有施什么肥料。”

吕萍一边说着，一边领小莹和明明向研究所走去。当她们经过一个大厅前面时，明明瞥见大厅里面饲养了好些毛毛虫，忙问：“毛毛虫是害虫，你们养它干什么？”

吕萍解释说：“柯伯伯把蚕吐丝的遗传基因移植到毛毛虫的细胞里，他要让毛毛虫也吐丝。毛毛虫容易饲养，不像蚕那样娇嫩。如果试验成功，害虫就变成益虫了。”

她们又来到研究所的后院，小莹和明明感到惊讶极了：那里有几只头上长着角，身上披着雪白的毛，像小牛犊样儿的动物。“这叫什么动物呀？”她俩同时问道。

吕萍回答说：“你叫它羊鹿或鹿羊都可以。这是柯伯伯把鹿角的遗传基因移入羊的生殖细胞，而培育出来的动物新品种。”

这时，柯伯伯来了。他慈祥地望着小莹和明明，亲切地问道：“你们喜欢这个研究所吗？”

小莹和明明点点头。

柯伯伯摸着明明的头说；“下决心好好学习吧，将来我欢迎你们到这儿来，好吗？”

小莹和明明点头说：“好，好！”那群羊鹿也好像很赞成似的，快活地蹦跳了起来。

《少年文艺》（江苏），1978年第9期

海底“蛙人”访问记

施鹤群

我刚躺上床，就接到《科学》杂志编辑部的加急电话，要我立即整装出发，到南海进行采访。据说，最近在那里发现了一艘沉船，由海底“蛙人”捞获了无数珍贵文物，价值连城。

我跟随探索号深潜艇艇长李海生来到了探索号。探索号长90米，它与普通潜艇相仿，也是由耐压舰体与非耐压舰体两部分组成的。我与老李一同来到观察舱。观察舱里有一台大屏幕电视机，通过特殊的电视摄像，能观察到黑暗的海底世界。

不久，探索号开始下潜了。深度计指明它已到达1000米深度。在这里，一艘黑黝黝的沉船出现在我们面前。

电视屏幕上的画面在不停地切换着，这是一艘古沉船，船体被炮火打得伤痕累累，船内那一幅幅劫后惨相，使人不忍目睹。突然，潜艇转了个方向，艇尾对着沉船贮放货物的舱室。这时，我真想好好地欣赏一下我们的文物。水下电视仿佛猜透了我的心意，屏幕上立即出现了一件件宝物的特写镜头——全是些精工细作的陶瓷器呀……

“这些珍贵文物，怎么捞上来呢？”我焦急地问道。

老李听后，神秘地说：“不久你会认识我们的海底‘蛙人’的。”这时我从电视屏幕上突然看到，沉船上一只只花瓶在移动。可是人呢？我正在捉摸不定的时候，从电视屏幕上看到一群奇怪的动物：深黑色的像雨伞似的身体伸着八只长长的脚，正在笨拙地游向沉船。“呀！章鱼！”我惊叫起来。

原来，章鱼有一个奇怪的特性，当它在某一个地方定居以后，就再也不愿离开。老李他们事先把一条条章鱼进行特殊处理：在章鱼头部装上特殊的“电信号捕捉器”。它捕捉到电信号后，经过放大再传输到神经中枢，使章鱼产生反应。利用不同的电信号，即可改变章鱼的游动方向，控制章鱼的游动路线。

接着，老李为我们揭开了海底“蛙人”的谜底：“我们先用电流驱使章鱼游向沉船，让它们在那些花瓶、陶罐之类的宝物里安顿下来。然后，发出另一种频率的电信号，诱惑这些在海底安下家的章鱼回来。他们一方面留恋这里，不肯离去；另一方面又被深潜艇上的电极所深深吸引。于是，它们就来个两全其美，干脆抱着‘房子’游出沉船，直奔深潜艇。这样一来，章鱼就成了我们打捞珍宝的海底‘蛙人’了。”

《科学画报》，1978年9月号

蛋

苑　莉　　吕振华

省商业局让我和小黄前往长征养牛场提取一批鲜蛋。怎么会到养牛场去取鲜蛋呢？我不禁怀疑起来。

来到长征养牛场，已是中午。负责接待的老周同志，把我们径直领进了食堂。午餐的两菜一汤全是蛋，这蛋味道鲜美、质地细嫩，连我这个采购蛋类的老行家也猜不出，这到底是什么蛋。

老周领着我们走进了养牛场的电子控制中心。突然，荧光屏上出现了一个奇怪的镜头：那是奶牛楼的一个车间，一头头母牛走上工作台，一个大罩子般的机器罩住了母牛的尾部。只见机器的出口处滚出一只只圆溜溜的大白球。小黄发出了惊奇的叫声：“篮球！”

走进奶牛楼后，我们仔细观察那“篮球”。它有十来斤重，外壳有点像蛋壳！牛跟蛋会有什么联系呢？谁又见过这么大的蛋呢？

这时，老周笑着介绍说：“这就是养牛场为你们提供的新品种——高速三号牛蛋，高产的三号母牛一年就可产200多个蛋。”

小黄迫不及待地提出了问题：“牛是哺乳动物，怎么能叫它们像鸡一样下蛋呢？”老周缓慢地回答说：“从生物进化的观点看，动物由卵生进化为胎生，这是一个重大的进展和飞跃。胎生比卵生要优越得多。但是从人类发展生产的角度来看，如果家畜能像家禽那样保持卵生的特点，一年繁殖几十个或几百个后代，优越性似乎更大一些”。

“开始我们是想强迫它们返祖的，我们把鸭嘴兽的生殖器官移植到家兔的身体里去，结果试验失败了。后来，我们从一位老生物学家关于金鱼卵和蝾螈卵细胞杂交的报告中得到启发，根据遗传工程学的知识，把北京鸭生殖细胞中关于形成产卵特征的这部分密码，移植到奶牛的生殖细胞中去……”

我们这才恍然大悟，原来牛蛋是这样来的。

《我们爱科学》，1978年第3期

蝙蝠号

嵇鸿　缪士

一天下午，根据交通警察的报告：有一辆叫“蝙蝠号”的微型汽车连续在几个交通路口横冲直撞，险些酿成交通事故。交通警察几次想把它拦住，但一次也没有成功，眼看着它向西郊方向的公路上开去。后来，根据在西郊看到过这辆汽车的人说，它一直往西郊的一个湖里开，当它的前轮刚刚要开进湖里的时候，突然从车体两边伸出两只翅膀，腾空而起，在湖面上兜了一圈，又回到公路上；眼看它正要与一棵大树相撞的时候，一瞬间又化险为夷。在市区，它在高大的楼房之间穿来穿去，吸引了无数大人和小孩。整个城市的人都在议论这件事："这是啥玩意儿？"

第二天，报上专门发表了文章，揭开了蝙蝠号的谜底。

那是前一年的夏天，14岁的小敏与弟弟一同乘车去看电影，公共汽车要经过一条热闹的街道，车子开得很慢，结果看电影迟到了5分钟。小敏心想：如果有一种能够自动避免碰撞的汽车，车子不就可以开得很快吗？

一天晚上，小敏和弟弟在院子里乘凉，看到几只蝙蝠在黑洞洞的夜里飞来飞去。尽管院子里有树、竹竿，但对它全然无碍。小敏就想到蝙蝠在飞行时能依靠超声波的反射波来辨别前面有没有障碍物，那么汽车是不是也能像蝙蝠一样，利用超声波的反射波来改变汽车的方向，避免与其他东西相撞呢？

过了几天，爸爸从科学院回来，小敏和弟弟抢着把这个想法告诉了爸爸。

爸爸十分支持他们的想法，还帮助他们设计制造了一个超声波的方向自动调节器。自动调节器利用汽车发射的超声波，在碰到障碍物时，就反射回来从而自动变换汽车行驶的方向。自动调节器准备装在一辆微型汽车上，在车轮和调节器中间，还连着一个灵敏度很高的机件，即使在百分之一秒的时间里，也能把汽车引导到正确的方向上去。汽车采用电力驱动，还安装了一台电子计算机，车身的两侧装上两只机翼，平时藏在车身里，当电子计算机发出一定的信号时，它就会立即向两边伸出，使汽车腾空而起。

汽车安装好了，正准备试车，在爸爸去接科学院来的电话的时候，弟弟偷偷地把手伸进车里，不小心碰到了高速发动机的启动按钮，车子无人驾驶就直冲出去了，结果就引起了这场虚惊。

《海底恐龙》，江苏人民出版社，1978年10月

海底恐龙

嵇 鸿 缪 士

老秦和小金是两个海洋科学工作者。他们乘坐的一艘远洋轮意外地撞上了新从海底升起的礁石，正在渐渐地下沉……老秦和小金刚才通过无线电与科学院联系过了，说好三小时后来救援他们。他们带着一种新型的潜水衣，也正想试试，因此就留在船上不走了，与船一起沉到海中。在水下50米深处，沉船陷入了岩石的凹陷里不动了。

这时，老秦和小金从船舷爬上岩石，小心地往海底走去。这里属于浅海区，各种各样奇怪的鱼类在海草丛中穿梭似地游来游去。

忽然，老秦发现左侧有个黑影在晃动，他根据多年的海洋工作经验向小金发出警告："鲨鱼！快隐蔽。"正巧在岩石旁有一只水缸那么大的海螺壳，可以容得下一个人的身体。老秦连忙要小金钻进去躲一躲，自己则躲在岩石的另一边。就在这时，在岩石的缝道里钻出一只巨大的章鱼，章鱼与鲨鱼展开了一场激烈的搏斗：章鱼的触手将鲨鱼卷住，猛力一摔，摔得鲨鱼晕头转向。鲨鱼不甘罢休，还是向章鱼猛冲，结果章鱼施放了一阵有毒的墨汁，才把鲨鱼驱走。这时，章鱼来到了大海螺的前面，触手伸进海螺，把躲在里面的小金吸了出来。老秦连忙手执利刃，用尽力气向章鱼扎去，章鱼松开触手，小金才脱身。老秦、小金两人，奋战章鱼，最后把章鱼杀死了。

他们继续向海底走去，这里的水深已有两三千米了。由于他们

穿的潜水衣是用一种仿深水鱼的鱼皮结构制造的，质料非常坚韧，在潜水衣里还有一层具有强大弹性的内膜，并且附在一个又轻又坚固的金属骨架上，就像人的全身骨骼、关节之间有韧带连接着。因此，穿着这种潜水衣能够承受深水的巨大压力。

不久，一座断崖挡住了他们的去路，头盔上的灯光照在断崖上。在一个圆形的光圈里，出现了一个巨大的怪物的头，张着巨口，露出尖利的犬牙，两眼是两个深邃的、乌黑的洞。电光顺着怪物巨大的头部照下去，可以清楚地看到一节节颈椎骨和脊椎骨。这怪物像人一样地直立着。

这种怪物的化石，老秦是见过的。它是一亿三千万年前陆上的一种食肉恐龙——霸王龙。

老秦兴奋得忘记了自己是在海底，他和小金在断崖前搜索。在霸王龙对面，发现了一条较小的食草龙化石，在断层里又有一条剑龙化石。

“这些生活在陆地上的恐龙，怎么到海底来了？”小金问老秦。

老秦说：“这里大概发生过地震，地陷下去了，它们被活活地埋葬，后来随着地壳变动，这块陆地成了海洋……”

正说着，海底发生了强烈的震动，海水疯狂地搅动起来，他们赶紧躲进一个岩洞。“轰”的一声，一块巨石从断崖上滚了下来，把洞口给封住了，洞口仅留下一道很小的缝隙。

老秦一看表，时间已过去了2小时40分钟，科学院的人马上就要来救援他们了，但现在被封在洞里，来的人怎么找呢?

他就拿起一块岩石，凿那条细缝，这时又感到氧气箱里的氧气已经不多了。其实箱里的氧气是可以取之不尽，用之不竭的。这是仿照植物光合作用的原理设计的，能把人体呼出的二氧化碳

转化成氧气，满足人体呼吸的需要。但在与章鱼的搏斗中，箱子受到剧烈的震动，机件出了毛病。现在，箱中的氧气最多只能用半个小时了。

老秦和小金正在商量脱险的办法。“轰隆”一声响，洞口的巨石被搬开了。从洞外进来两个机器人。它们是科学院派来救援老秦和小金的，依靠激光探测仪找到了他们。

两个机器人背着老秦和小金出了岩洞，浮出海面，上了一艘海陆空三用自动飞船，回到了海洋科学研究所。

《海底恐龙》，江苏人民出版社，1978年10月

远探水晶山

嵇鸿　缪士

探测队进山找寻水晶矿，向公社要一个助手，谁知派来的是个十三四岁的孩子，名叫山海。

山海一边给探测队带路，一边唱着山歌。探测队的老林问山海："你唱的什么歌啊？"山海把山歌的内容告诉了他们。探测队的老方说："真巧，这支山歌给找水晶矿提供了线索。山歌说得很清楚，经过狼穴以后，转八十个弯，到虎穴，后面就是大宝山，'莫让东海龙王搬'，这不是说大宝山是个水晶矿吗？"

山海正想甩开大步走，却被老林一把扯住，交给山海只有画图橡皮的四分之一大小的一个小东西，还说："带着这个小东西，随你跑到哪里，我都可以找到你。"

这时，山海看到一只羚羊在林子里一闪，就把那小玩意儿往衣袋里一塞，拔腿就追。追了一段路，忽然碰到了一只大狗熊，山海吃了一惊，连忙钻进一棵空心的枯树里去。过了一会儿，听到敲树干的声音，还听到"出来吧，我们的小助手"的喊声。山海立刻从树洞里钻了出来，一看是林叔叔他们。山海好奇地问："你们怎么知道我钻在树洞里的？"老林从山海的衣袋里，掏出了那个小东西，说："这是一只微型发报机，我手上戴的一只'表'，它会接收微型发报机发射出来的电波，'表'上的两根针，长针始终对着发报机的方向，短针能指示发报机的距离。"山海惊奇地问：

“这里面有电吗？”老林告诉他，“它是用人体或动物身上发出的热量来发电，作微型发报机的电源的。”“它可真是个神奇的侦察兵。”山海惊喜地说。

到了晚上，山里骤然冷起来了，他们拣了一些枯树枝，生起一堆篝火。忽然，林边上出现了一对对碧绿闪光——狼的眼睛。老林马上抽出一支短枪朝狼群开了一枪，“嗤”的一声，狼群四散奔窜，有一只狼倒下了。探测队的叔叔把狼拖了回来，并用小刀在后腿割开一道口子，塞进一只微型发报机，又缝合起来，原来刚才老林用的是麻醉弹。

不久，狼就醒过来了，跑得无影无踪了。老林看了一下手上的“表”说：“狼在正西面2千米处。”他们就按“表”指示的方向前进，走了不一会儿，老林又看了一下手上的“表”说：“狼就在附近20米内。”正在这时候，从草丛中窜出一只斑斓虎，老林的手枪又是“嗤”地一响，老虎狂吼一声，突然一个急转弯，隐没在密林深处了。老林看了一下手上的“表”，说：“快去追虎。”山海瞪着眼问：“不找发报机了？”老林笑着告诉他：“发报机在老虎肚子里。”原来，狼在半路上被老虎吃掉了。

行到一处，无线电波中断了。老林手上的“表”上的短针停止了摆动，这说明发报机已经停止发射电波。过了一会儿，电波又来了。老虎大概就在200米以内。探测队的老徐用望远镜一看，果然前面有个山洞，老虎正在走进洞去。“怪了，电波又没有了。”老林说。后来，老虎又从洞里跑了出来，这时电波又来了。“噢，明白了。老虎进洞，电波中断；老虎出洞，电波又来了。虎穴里一定有座大铁矿。”老徐对着老林和老方说。

忽然，山海不见了。幸亏他带着发报机，老林一看手上的“表”，山海离他们2千米。于是，就朝着山海的方向走去。不久，山海从山顶上奔下来，告诉他们说：“看到水晶山啦，就在前面，快走，我领路！”山海领着探测队走到山顶上，果然是一派瑰丽的奇景，那紫色的、红色的、茶褐色的水晶，闪耀着迷人的光辉。

《海底恐龙》，江苏人民出版社，1978年10月

珍奇动物的创造者

嵇鸿　缪士

在动物园里，人们像潮水般地涌向一个铁丝栅栏边，铁丝上面高高地挂着一块牌子，上面写着“孔雀鸡”三个大字。

“孔雀鸡？从来也没有听见过，到底是啥样子？”小金根一面想，一面往人群里挤。小金根好不容易挤到栅栏前，看到里面有10只大公鸡，屁股上长着又长又美丽的孔雀毛。“真像孔雀啊！”小金根喊了起来。

小金根回到家里，一直在想着“孔雀鸡”。一天，小金根听到一个消息：孔雀鸡是一位科学家的杰作，而这位科学家目前正在动物园里。小金根听到这个消息，就迫不及待地去找这位科学家，想问个究竟。这位科学家姓张，张叔叔告诉小金根说：“孔雀鸡是应用遗传工程创造出来的新品种。”张叔叔看到小金根对孔雀鸡那么有兴趣，就对他说：“你来当我的小助手吧。”还给小金根看一本专门讲遗传工程学的书。小金根一连看了几个下午，又经张叔叔的指点解释，才渐渐地明白了。

过了几天，张叔叔在电子显微镜前观察，他看到小金根就招呼说：“你来看看，这里面是什么？”

小金根在镜筒里看到一条弯曲的东西，他想起书上的插图，就说：“是叫DNA的细胞遗传物质吧？”

张叔叔高兴地说：“对，这是雄孔雀细胞里的DNA，有一段是

决定雄孔雀长出美丽的尾巴的。如果把它引入有公鸡胚胎的蛋里，那么孵出来的小公鸡就能长出孔雀的尾巴来……”张叔叔又对小金根说：“今晚我们再来进行一次新的实验好吗？”

深夜，小金根同张叔叔各自在电子显微镜前观察，镜筒里显现出鱼细胞里的遗传物质。后来，他们又把鱼细胞里的遗传物质分成几小段，分别引入几只怀胎的母白鼠的胚胎中去。

过了几天，母白鼠生了小白鼠，其中有只B5号母鼠生下的小白鼠，在喉头长着一圈红色的东西。张叔叔用袖珍显微镜观察说：“这是初生的鳃。”

小金根已好久没有回家了，他的妈妈叫姐姐小金莹去看他。当她来到动物园的天鹅湖畔，湖面上溅起了一个大水花，迎头扑来一条大鲫鱼。她正想把它放回湖里，又是一条鱼从湖里飞了上来，真怪呀！

小金莹向湖里一看，在清澈见底的湖里好像有一个矮小的人影，正向湖岸移动。突然从湖里窜出一只猴子，朝树林里走去。小金莹马上追去，一直追到一个院子里，与小金根撞了个满怀。

小金根问：“姐姐你找什么呀？”姐姐说：“找猴子。”小金根问：“是不是找那只潜水猴。”“什么潜水猴？”姐姐反问道。小金根马上作了解释：“同孔雀鸡一样，潜水猴也是人工创造的，用遗传工程让猴子长肺和鳃两个呼吸器官，能够水陆两栖。”姐姐听入了迷。小金根又说：“我们还创造了会唱歌的长颈鹿。”这时，张叔叔走过来，说：“在动物身上试验成功，马上就可以用于人体，哑巴说话和盲人重见光明，即将成为现实了。”

《海底恐龙》，江苏人民出版社，1978年10月

镜子湖的谜

嵇鸿　缪士

这是几十年前的一个神奇的故事：

那时候，敌人霸占了美丽、富饶的镜子湖，游击队暂时退到了离镜子湖不远的神女山上。一天，区里来了两位同志，说有紧急任务，要我领他们去找游击队。我们在离镜子湖不远的地方遇到一队日军，他们一边开枪，一边朝我们包围过来，离我们只有50米时，天空响起了一阵阵震耳的雷声，同时，在敌人身后的镜子湖畔也响起了一阵猛烈的枪声，枪声越来越密集，好像有几万支枪在向敌人射击似的。顿时，敌军惊恐万状，一个个趴在地上动也不敢动，我们乘机越过封锁线，上了神女山。但是，镜子湖畔的枪声对于我们来说，一直是个谜。因为当时游击队并未派出一个战士，哪里来这么多的枪声呢?

马洛老爷爷给小旦旦讲完故事，只见西北方有几团雪白的云朵正在缓慢地向这里移动。就对小旦旦说：“天太闷热，午后有雷雨，赶紧把羊群赶回去吧！”

当他们赶着羊群走到镜子湖畔时，头顶上的乌云开始翻腾，雷电交加，意想不到的事情发生了。前面突然响起了一阵激烈的枪声，吓得羊群向四处乱跑。老爷爷和小旦旦也怔住了，几十年前的事又重演了。

有一天，他们住的地方来了一支地质勘查队，说要到神女山去找矿。小旦旦听到这个消息，撂下饭碗就往地质队的住地跑去。马洛老爷爷也在那里。他把那天碰到的全部情形，一五一十地告诉了地质队的叔叔、阿姨。小旦旦的话引起了大家的注意，一个阿姨还惊喜地说："明天，你们带我们一起去看看好吗？"

第二天，叔叔、阿姨背着仪器来到镜子湖畔，按照老爷爷和小旦旦讲的地点、部位，两位叔叔点燃了两束火把，在湖边探索。火把的火焰挨着地面在移动。忽然，"叭！叭！"两声。"跟上次听到的一模一样。"小旦旦兴奋地说。这时，一个阿姨告诉老爷爷和小旦旦说："这底下蕴藏有丰富的石油和天然气，天然气会从岩缝里冒出来，与空气混合，遇到火就发生爆炸。上次你们听到的爆炸声是由雷电引爆的。"

“噢！神女山上的枪声比镜子湖畔更多、更密集，那一定也有天然气和石油了。”老爷爷一边抽烟，一边说。

地质队上了神女山。有一个叔叔又点起了几束火把，到处照了照，可是，一丝响声也没有。一个阿姨凝视着屏风似的峭岩，高声喊道：“喂，神女山……”奇怪，山上到处都在喊，似乎有几十人在呼喊。这下大家明白了，原来神女山的枪声是声波在开玩笑。

镜子湖的谜终于被揭开了。

《海底恐龙》，江苏人民出版社，1978年10月

图画上的奇迹

缪 士

小伟的哥哥托人捎来一盒颜料，正好小伟画的《十月的胜利》的彩灯和焰火还没有涂上颜色，他就用这种颜料先给彩灯涂上红色，可是转眼就隐没了，他再涂绿色，又不见了。黄的、蓝的、紫的……全都一样。他再用各种颜料一层一层地涂在向四面放射的焰火上，结果还是一样。小伟由兴致高昂变成了非常失望，他把这幅未完成的画夹进了讲义夹。

当小伟再把讲义夹打开的时候，奇迹出现了。《十月的胜利》上，彩灯一闪一亮，红的、黄的、紫的……不断变化着；天空中的焰火，五彩缤纷。三四秒钟后，什么颜色也没有了。合上讲义夹，再一次打开后，奇迹又重演了。这是什么道理呢？小伟怎么也搞不清，只得等他哥哥回来再说。

星期天，哥哥回到家里，小伟向他打听颜料的秘密。哥哥好像故意保密似地说：“别急，我带你去参观摄影印刷艺术展览会。”

在展览会里，每幅图画前都挂着一块黑绒幕布。黑绒幕布徐徐

卷起后，图画上的人竟会活动起来：月球上，一个人正在搬动一块两百多斤重的大石头，另一个人纵身一跳，跳上了一个八九尺高的山崖，最后，画面又变成了一张白纸，黑绒幕布自动徐徐下垂。接着，哥哥又领着小伟去参观美术电影制片厂。动画制作室的同志们正在埋头作画。哥哥叫小伟仔细观看每一张画，上面有些什么不同。

小伟一看就发现，第一张画同第二张画就差一丁点儿。第一张猴子的右手伸到右耳边，第二张右手超过了右耳……直到第十张，右手已伸到头顶上方，抓住垂下来的树枝。哥哥轻轻地对小伟说："这些画片如果在你眼前很快地一幅幅连续出现，你就会感到猴子的手在活动。"

参观不久就结束了。在路上，哥哥问小伟："这下子该明白了

吧？”小伟对哥哥说：“好像明白了，又好像是两回事。”哥哥告诉他说：“我们厂里研制出一种‘五彩感光胶’，它的特点是在亮光里马上就会变成无色透明，但在黑暗里又能恢复原来的颜色。把动画片那样的画，用‘五彩感光胶’一幅幅地叠印在同一张纸上，但印制的次序同拍摄动画片的先后恰恰相反。放在亮光里，第一层画面曝光后，马上消失，紧接着出现第二层画面，又马上消失，无数连续的画面不断地显示出来，画上的人就活动起来了，这和动画片是同样的原理。”

小伟这时才明白了，《十月的胜利》上的彩灯和焰火怪不得也会活动。

哥哥回厂后，已有两个月没回家了。有一天，邮递员送来一封信，里面有张阅览证，小伟赶到阅览室，哥哥已等在那里。

哥哥在每个小读者面前的桌上放了一本书，每个小读者的头上戴了一副耳机。书里的人会唱歌，豹子会叫，打枪能响。原来，这种书也是用“五彩感光胶”印成的。在书脊里装着录音机，一打开书，录音机就放出各种声音来，人仿佛进入了一个神奇的世界。

《海底恐龙》，江苏人民出版社，1978年10月

边塞奇兽

高炜宾

在“六一”儿童节的游园会上，边防部队李叔叔讲的抓特务故事，把一群孩子紧紧地吸引住了。

“……我们小分队奉命乘犬马出发，按指定的方位，在森林里的树空子中飞驰！没多大工夫，犬马嗅到了特务在森林里留下的足

迹气味，我们飞快地策马追赶。突然，犬马大叫起来，我们立刻跨下犬马，高声喊道：‘缴枪不杀！’三个特务就这样落网了……”

“马怎么能发现特务的足迹和隐蔽地点呢？”小军和小兵兄弟俩不禁在心里打了个问号。

两个月以后，小军和小兵随全家来到了一个风景如画的边疆地区，发现给他们讲故事的李叔叔原来就在这里。于是，小军和小兵便兴冲冲地去找他了。

小军和小兵见到李叔叔的时候，他刚好从车站接一位客人——花白胡子的老爷爷回来。小军把闷在心里的问号端了出来，李叔叔笑而不答，却把他的客人、著名的生物学家洪教授介绍给两个孩子。洪教授告诉他们，犬马是一种新创造的动物。这是使用科学新技术——遗传工程获得的动物新品种。

洪教授和李叔叔陪着小军和小兵，来到了“马”棚。洪教授笑着对他们说：“犬马的基本物种不是马，而是鹿，因为在密林中体形较小的鹿易于钻树空子。但这已是一种完全新型的‘鹿’了：它的嗅觉器官中，引进了狗的嗅觉器官的‘遗传密码’；它的腿部，引进了马的四肢的‘遗传密码’；在它的头部，还引进了蝙蝠发射和接收超声波部位的‘遗传密码’以及响尾蛇感受红外线部位的‘遗传密码’。因为人们叫惯了‘骑马’这个字眼，所以就把这种新型的‘鹿’，叫作犬马。”

李叔叔也告诉他们：“犬马能当马骑，也能当警犬用。它在森林里钻树空子，像走平地一样，因为它能发出和接收超声波，又有接收红外线的能力，所以晚上在森林里照样能奔跑如飞，迅速地发现目标！”

《少年科学》，1978年第10期

种房子

嘉　龙

为了建造四工区的房子，基建主任老秦和房屋设备处的李工程师足足交涉了两个半月。

使老秦特别恼火的是，每次催问，李工程师总是一边给几盆仙人球、霸王鞭浇水，一边满不在乎地说："不要急，到时候会把房子送去的。"要不，就是反复地问："地坪上的喷水设备和小太阳装好没有？"

"造房子又不是种花！难道只要水和小太阳，就能从地里长出房子来？"老秦实在忍耐不住了。不料，李工程师却高兴地说："你说得对极啦！"还邀请老秦第二天到工厂去参观。

工厂里种满了奇花异草，简直像个植物园。李工程师让老秦去掰剑麻，老秦使尽了浑身力气，剑麻仍未折断。李工程师解释说："剑麻靠表层像铠甲似的硬壳支撑着身子，所以不易掰断。我们这里生产的房子，就是根据这个原理进行的。"老秦正在感到惊奇和困惑，李工程师却笑道："植物支撑躯干的这层外壳，就好像支撑房屋的钢筋；而内部包含水分的细胞，就像中间有着无数空隙的泡沫塑料一样。"

在车间里，程序控制自动机床正在"编织"一种"地毯"。李工程师指着塑料台布似的材料，对老秦说："这些造房子的材料叫合成薄膜，里面包含的化学物质，在水和阳光里会迅速发生变化。"

翌日清晨，一架直升机降落在四工区的建房地坪上。从机舱里卸下了四捆密封的、呈圆柱体的东西。拆去密封包皮，原来就是用合成材料制成的成卷“地毯”。

“地毯”展开后，在阳光雨露下，像打了气的皮球一样膨胀起来。等到中午时，房子已长得有一人高了!

李工程师这时告诉老秦：“生产房子的车间，大气压力和湿度都等于零。在正常的大气压力下，加上水，合成材料中的化学物质就会急剧地吸收水分，迅速膨胀起来。同时，又散出大量气体，充实到‘墙壁’里去。如果白天让太阳晒，夜里开足小太阳，要不了一天一夜，房子就能长成一层楼高。”

老秦仍有些不信，他用拳头敲敲墙壁，梆硬梆硬的，焦急的心情这才舒展开来。

《儿童时代》，1978年第7期

珍贵动物保健医院

杨　楠

星期日，我带着女儿小莉，乘上无人驾驶汽车去参观珍贵动物保健医院。

我们来到大门口时，门自动打开了，一个机器人迎面走来。我说明了来意，机器人立刻为我们指示方向。我好奇地走进院子，只见里面有许多常见的动物：牛啊，羊啊，鸡啊，兔子啊……我怎么也闹不清，它们凭什么戴上“珍贵动物”的桂冠，而被养育在这十分考究的房子里？

正在猜疑时，我中学时的同学李峰来了。我刚想问个明白，忽听“丁零零”一阵响，只见李峰手腕上的“手表”指针忽然跳到“4”字上。与此同时，4号牛房里的红灯亮了，那头母黄牛脖子上挂着的一个小金属牌子也发出亮光。李峰说：“电子计算机通知我，这头母黄牛要生孩子了，我得帮忙去。”我被好奇心所驱使，便带着小莉也跟了过去。

只见李峰一揿电钮，立即有两只机械手伸过来，把黄牛轻轻地安置在一个软垫上。接着，李峰指挥一个机器人给黄牛打了一针，黄牛便顺顺当当地把它的“孩子”生了下来。奇怪的是，它生下来的不是小牛，却是一头小象。

这是怎么一回事？我正要向他询问，又传来一阵铃声，只见李峰“手表”上的指针停在“7”字上。“7号房请你去。”我提醒李峰说。他点点头说：“咱们一起去吧。”7号房是鸡舍，只见一只红脸母鸡正伏在角落里的软垫上，费劲地下着蛋。“咕”的一声，蛋生下来了！我看到这鸡蛋很大，就说“咳，倒像鹅蛋啦！”李峰用针筒给“鸡蛋”打了一针“催化剂”，然后把“鸡蛋”放在电孵箱内，按了一下电钮。十多分钟后，当他打开电孵箱时，从里面跳出来的既不是小鸡，也不是小鹅，而是一只小企鹅。

我再也按捺不住好奇的心理，催促道：“你别尽给我们变戏法了，请把这里面的道理讲一讲吧！”李峰沉思片刻后说：“三年前，我在广州种牛场工作，研究良种牛的繁殖新技术。当时，我们从良种母牛的身体内提取结合子，也就是受精卵，然后把这些结合子注入其他母牛的体内。这样，这些牛就生下同自己没有丝毫血缘关系的牛来。刚才那只母鸡的肚子里，就有企鹅的结合子。为什么不直接搜集企鹅蛋进行孵化呢？因为这样不容易成功，例如孵化的时间、温度等都很难掌握。至于母牛生小象，这是因为我们把象的胚胎冷冻后运来，移植到了母牛的体内。用胚胎移植的办法生小象，好处很多。大象几年才生一次小象。要捉住一只野生象可不容易啊。现在用这种新的繁殖方法，就用不着花那么大的力气去捕象了。同时生出来的许多小象可以送到全国各个动物园，这样连住在小城市里的人也能见到大象了。”小莉高兴地跳了起来：“那太好了，太好了！”

在李峰的陪同下，我们又参观了医院的其他产房，看到大白马生下了小斑马，普通的猴子生下了美丽的金丝猴，猫儿生下了熊猫，大黄狗生下了小狮子……我钦佩地望着李峰，深信他一定会创造出更多的奇迹。

《少年文艺》（江苏），1978年第10期

一只奇怪的蜜蜂

叶永烈

小丹放学回家，走过隔壁周大伯的门口，忽然传来一阵蜜蜂的“嗡嗡”声，他顿时像被迎头浇了盆冷水似的，心情一下子紧张起来了。

小丹这样怕蜜蜂，那还是半个月以前引起的。有一天，他到周大伯家的院子里去玩，对一只只四四方方的蜂箱发生了兴趣，想打开来看看里面究竟是啥样子的？刚动手，一大群蜜蜂就向他袭来，他被蜇得哇哇直叫，赶紧往家里跑。从此，他一看到蜜蜂就心惊肉跳。今天，小丹又遇上了蜜蜂，心里怎么会不害怕呢！

这只讨厌的蜜蜂在他的头四周飞来飞去，足足飞了五分钟，还不大愿意离去。小丹正在不知所措时，身后传来一阵笑声。他回头一看是周大伯，手里拿着一个半导体收音机似的小方盒。小丹仿佛见了救星，急忙对周大伯说：“蜜蜂要蜇我！”周大伯安慰他说：“别怕，它听我的话，不会蜇你。你看！我叫它离开……”周大伯的话还没有说完，果然蜜蜂离开了小丹，朝周大伯飞去。

第二天，小丹上周大伯家，周大伯一看就知道他的来意。周大伯把小丹带到一间四周没有窗户的小房间里，开了电灯，只见桌子

上放着一台电唱机似的东西，旁边还有一台电视机。桌旁有几把小折椅，靠墙的一只玻璃橱里放着一大排方纸盒。周大伯从方纸盒里取出一张唱片，装在那台电唱机上，在电视机的荧光屏上出现了“蜜蜂的语言”五个大字。接着，又出现一只蜂箱，里面飞出一只小蜜蜂。它飞到一块黄灿灿的油菜田里，采了一点蜜后，就急急忙忙地飞回蜂箱。这时，荧光屏上又出现了蜂箱里面的镜头，在间六角形的小房间里，刚飞回来的那只小蜜蜂一边高兴地跳舞，一边发出“特尔——特尔”的响声。小丹听了电视的旁白，原来这是蜜蜂在讲话。蜜蜂跳“8”字舞，意思是离这里很远的地方有花儿；“特尔——特尔”的响声，是说花儿在太阳的那个方向。小丹看完电视，感到十分新鲜。但是，昨天那只蜜蜂又是怎么一回事呢？小丹还是不明白。

周大伯将小丹领到另一间房间，从一只桌子的抽屉里拿出一个玻璃瓶，倒出一只小蜜蜂。开始时，它一动也不动地躺在桌子上，后来，周大伯按了一下手中的那只小方盒上的开关，蜜蜂在桌子上打了个滚，就活动开了。一会儿向东飞去，一会儿又朝西飞去，接着又飞到桌子上跳起舞来。它也会发出“特尔——”的响声。周大伯再按了一下小方盒上的开关，它又像死掉一样，躺在桌上一动也不动了。

周大伯将这只小蜜蜂放在一块白布上，然后用一把小螺丝刀拧下几个小螺丝，用镊子取下一块黄黑横条相间的外壳，小丹用放大镜一看，里面尽是些电子元件。原来这是一只电子蜂。在玻璃瓶子里还盛着几百只这样的电子蜂呢！

周大伯告诉小丹说，这些电子蜂都是他的“传令兵”。说罢，周大伯又指挥一只电子蜂钻进一只蜂箱，把一大群蜜蜂引向东边二里远的一片花儿采蜜。小丹高兴地对周大伯说：“您真成了蜜蜂的指挥员。”

周大伯在语言研究所工作，他不仅熟悉蜜蜂的语言，编写了《蜜蜂语言词典》，而且还研究其他动物的语言，编印了《乌鸦语言词典》《蚊子语言词典》《鱼类语言词典》《鸡鸭语言词典》《狼语词典》……

后来，小丹成了周大伯的助手。

《少年科学》，1978年第11期

舅舅的手表

郑渊洁

在科学院宇宙研究所工作的舅舅，今天上午要乘公共宇宙飞船从月球回来了。

我高兴极了。可是今天一早起来，头有点发晕，身上发冷。想量一下体温，但没找到体温表。门铃响了，我打开迎宾荧光屏，舅舅已站在门口。

舅舅发现我的脸色不大好，就摘下他的手表，给我戴上，说这是在量体温。舅舅还告诉我："这是一种多用途手表，还能量血压、测脉搏，当你的心跳不正常时，它还会报警。"

舅舅按了一下表上的一个米黄色按钮，表盘上出现了38.5℃的字样。舅舅又检查了我的喉咙。并告诉我：你扁桃腺发炎了。接着，他又把表上的那个米黄色按钮拔出旋了几圈，然后再安上，这时表盘上发出了一束强烈的光。这束光照射扁桃腺以后，只不过一分钟时间，我就恢复了健康。

舅舅对我说："这种光，能帮助白细胞消灭病菌。"他还说："这表还可以测环境污染，记录电话号码，它还是一台微型电子计算机呢！这种表就叫无线电电波手表，它比电子手表更先进。"

接着，舅舅给我讲解了无线电电波手表的工作原理：天文工作者将测得的准确时间转换成电波信号，发射到通信卫星上。通信卫星再将信号加大功率，发射到世界各地。表上的信号接收器接到信号后，再由转换器转换成发光的数字显示出来。所以，这表同天文台的钟一样准确，500年才误差0.01秒。因为世界上有24个时区，所以天文台也发出24种信号。这表上有24档，在哪一地区只要拨到哪一档就行了。表里的电池是靠体温充电的，因而永远不用替换。

《儿童时代》，1978年第8期

震惊世界的喜马拉雅-横断龙

王　川

编辑部让我去科学院古生物研究所访问夏康教授。一年前，他在西藏发现了一种至今尚存在世上的恐龙后裔——喜马拉雅-横断龙。

我说明来意后，教授慢慢说道：

当年参加西藏综合科学考察队的王田，在一个石洞里发现了一只非同寻常的恐龙蛋。我闻讯赶往西藏，同行中有一位摄影师高风。经过自治州时，州委还给我们配备了一名身兼医生、向导和翻译三职的助手，名叫卓玛。

我们来到了王田发现恐龙蛋的山洞，在那里发现了一具酷肖的恐龙雕塑。后来，在一座10世纪前的王宫的颓墙上，又发现了恐龙壁画。我想，这难道是巧合吗？

一天晚上，卓玛的老阿爸来了。这是一位身材魁梧的藏族老人。他告诉我：四十年前，昆明的一位大学教师进山来找石头，有一次，他不小心从山崖摔下来，跌坏了，因伤势太重、失血过多，第二天就死去了。临死前，他把一生的心血—— 一本密密麻麻写满了字的笔记本交给了我。

我打开笔记本，这是一个地质工作者的手记。在最后一页上，有这样几句话："今天我来到了魔鬼湖，看到湖里有一种极像恐龙的动物……"可是这个谜一样的魔鬼湖，究竟在哪儿呢？

一次，高风和卓玛在草丛中看到了一只奇特的鸟。在捕捉时，高风踩了个空，跌进了一个石灰岩溶洞。不久，老高发现在这个洞外，另有一个更大的洞，洞底是深不可测的渊潭。突然，整个水面像烧开的水一样翻腾起来。在骚动的中心，一条恐龙出现了。老高赶紧举起照相机，给它拍了一张照片。毫无疑问，那深潭就是佚名地质学家说的魔鬼湖了。至于老高和卓玛发现的奇特的鸟，经鉴定原来就是始祖鸟。可惜的是，那鸟已被卓玛打死了。

第二天，由老高指路，我们正式向魔鬼湖进发。奇怪的是，在深潭边，却不见"史前遗老"的遗迹。机警的王田把目光转向了洞穴"天窗"口垂下来的几根藤葛，他攀附着往上爬去，登上洞口一看，这里原来是一个小岛，四周全是一片浩渺的湖水。我们相继攀上洞口后，扎了个简易的木排，登上了最靠近小岛的湖岸。

临上岸时，我回首注视湖面，终于发现了湖中的两条恐龙：在斜阳的余晖里，它们纠缠着、追逐着。真相大白了！这里就是中生代恐龙后裔的伊甸园。

后来，我们发现这个湖里生存着四五条恐龙，除了两条是成年个体外，其余都是幼体，显然是一个小家庭。在这里开辟一个史前动物保护区，真是再好不过了。

根据我们的发现，国家将这里定为史前动植物自然保护区，并将在这里所发现的恐龙命名为喜马拉雅–横断龙。

《科学画报》，1978年11～12月号

太空医院里的笑声

王金海

彝家优秀的生物电子能专家阿达米，因患淋巴细胞型白血病不幸去世了。由于天气炎热，追悼会一结束，遗体就送去火化。人们捶胸顿足，哭声震天。正在这时，一架太阳能直升机降落在火葬场的草坪上，一位大夫模样的老人走下舷梯，直奔吊唁大厅。他气喘吁吁地喊道："慢点，请慢点火化！"人们对这突如其来的情况感到迷惘，不知道究竟发生了什么事情。

原来，阿达米正在研制一种电子探癌诊断仪。他发现，萤火虫的尾部有一部神秘的发光机。氧和血液中一种叫ATP的物质，就是这种发光机的原料。假如把萤火虫的这种物质注入人体或动物的细胞内，那么细胞也会发起光来。实验证明，细胞越是健康，其发光度越是强烈。阿达米从萤火虫身上提炼出这种发光物质，再把这种物质浓缩成粉末，涂在特制的X线透视机的增光屏上，以便通过增光屏的透视，能及早发现癌细胞。

阿达米在旧社会有一段悲惨的遭遇。他一家四口人都是大黑彝主子“花豹子”的奴隶，“花豹子”硬逼阿达米和他的哥哥上山放羊，还经常用鞭子打得他们皮开肉绽。在忍无可忍的情况下，阿达米的阿爸挺身而出，不料竟被“花豹子”迫害致死了。当天夜晚，阿达米和哥哥摸进“花豹子”的住房，哥哥抓起板斧，把“花豹子”的脑壳砍落在地。狗腿子闻声赶来，哥哥逃走了，阿达米也立即离开了故乡。

不幸的是，正当阿达米全力以赴研制电子探癌诊断仪的时候，却因急性白血病病倒了。经过三个治疗方案的医治，还是不见起色。一位彝家老爹提出，眼镜蛇胆可以治这种病。为了挽救阿达米的生命，王大夫和一位彝家老爹走进原始森林，四处寻觅眼镜蛇蛇胆。然而，当他们历尽艰难，取得眼镜蛇胆的时候，阿达米却已经死了。

吊唁大厅被悲悼的气氛和哭泣声包围着，王大夫自己也沉浸在懊悔和内疚中。突然，一位老大夫闯进了吊唁大厅，他大声疾呼：“慢点，请慢点火化！”王大夫抬头凝望，啊，我的老师，北京某肿瘤研究所所长黎教授！

“我已带来了刚研制成功的治癌特效药ZAP。阿达米的心脏停止跳动才几个小时，有复苏的希望。现在，立即送太空医院进行抢救！”随即黎教授从药箱里取出一支“复生抗凝血针剂”，在阿达米的右股动脉上打了一针。“这针打下去，可以使凝固在血管中的血液融化，从而疏通通往心脏的动脉血管。”黎教授对王大夫说。

太阳能直升机把他们带到星际城以后，他们便登上救护飞船飞向太空医院了。太空医院设立在巨型人造卫星上，形状宛如汽车的方向盘。通过救护飞船里的生物医学遥测系统，太空医院的阿达米治疗小组成员可以了解到阿达米的心脏和呼吸停止的复苏情况，经过周密的分析和研究，便通知他们迅速前往手术室。

手术开始了，黎教授用激光手术刀切开了组织，取出阿达米那停止工作的心脏。紧接着，一颗人造心脏移植到了阿达米体内，1500毫升人造血液流入了阿达米的血管。奇迹出现了，阿达米那灰黄的脸色转成红润了，脉搏每分钟68次，大脑机能也逐渐在恢复。

手术后几天过去了，阿达米的病情在迅速好转。黎教授和王大夫来到了病房。按黎教授的吩咐，王大夫把40毫升的ZAP溶液注入了阿达米的静脉血管，以便彻底消灭潜伏在血液里的癌细胞，使阿达米早日苏醒过来。

阿达米终于醒来了。黎教授激动地向阿达米的床边走去，忽然扑在阿达米的床沿上，因为通过王大夫对阿达米身世的叙述，他已知道眼前的阿达米就是他分别了几十年的亲弟弟！

这时，病房的走廊里响起从未有过的喧哗，太空医院的医生和护士得知阿达米战胜癌症、起死回生的消息后，都争相前来祝贺。走在最前面的一位大夫，刚跨进病房门口便喊道：“刚才卫星通信站收到地球发来的一封电报，说是阿达米设计试制的电子探癌诊断仪，已由他的学生试制成功啦！”刹那间，阿达米甜蜜地笑了。这笑声像一根神秘的金线，牵动了在场所有人的笑神经。顷刻，太空医院里荡起了笑的声浪。

《革命接班人》，1978年11～12月号

珊瑚岛上的“建筑师”

徐　杰

不久前，阿叔给我来信，说他们搞的一项“神奇的建筑师”的科研已初见成效。我正想看看这是一项什么样的科研项目时，放暑假了，我回到了家乡西沙群岛的珊瑚岛。我先去看望从小抚养我长大的阿叔。在阿叔家的院子里放满了大缸、小缸，里面都是一丛丛假山似的珊瑚。在缸上有一个小标签，上面写着“建筑师——珊瑚虫”，我正在仔细观察的时候，传来了阿叔的声音：“怎么，不相信？”阿叔走到我面前，给我介绍起这些珊瑚虫来了，并说现在岛上正在用珊瑚虫建造工厂厂房。我听了感到真新鲜，要阿叔陪我去看看，阿叔答应晚上一定陪我去。

吃过晚饭，我和阿叔两人朝着机声隆隆的方向走去，不一会儿来到用珊瑚虫新建的炼油厂和化工厂。厂房的墙壁果真都是坚固的珊瑚岩。如此宏伟的厂房竟是用小小的珊瑚虫建成的，真令人难以置信。阿叔又把我领到一间实验室，里面也是一缸缸的珊瑚虫。阿叔对我说：“一号缸是未经培养的原始基虫，二号缸是经初步挑选培养的，虫体大，活动力强，繁殖速度比第一缸快……第五缸里的珊瑚虫比第二缸里的个子更大，繁殖速度也比第二缸的更快。”我想看看究竟是怎样用珊瑚虫来建造巨大的建筑物的，就一把拉着阿叔说：“去建筑工地看看吧。”

走出实验室，我们来到油港码头的建筑工地。这里没有一砖、一瓦、一袋水泥，只见五部“大吊车”摆成梅花形，从它的顶端喷射着无数条水柱，淋浴着每一处建筑物。阿叔告诉我说：“24小时不停地喷洒海水，并且掺进化学催殖剂，这样就能保证珊瑚虫生长和繁殖了。”我和阿叔走近这座建筑物，这里都是用椰树、竹子和草袋搭成的，在连接处扎上了钢筋，它们上面已经覆盖了一层厚厚的珊瑚虫，阿叔告诉我说：“当珊瑚虫长到需要的厚度，用化学凝固剂一喷，就成了坚固的珊瑚岩了。”我问阿叔：“用珊瑚虫建造一座大型码头要多少时间？”阿叔说：“最多不超过三个星期。”“真是奇迹！”我惊呼起来。

暑假结束了，我告别阿叔和乡亲们，回到了学校，把我的所见所闻写成了这篇短文。

《少年科学》，1978年第12期

玫瑰与宝剑

王　琪

U-玫瑰5火箭，正满载矿石标本和勘探资料，冲破大气层，向地球飞来。

随着人类社会的高速发展及能源短缺的严峻形势，人们对于空间能源的研究和开发动向日益赋予热切的关注。现在，中国和两个欧洲国家的科学家，已在N-7号星球建立了配备整齐的勘探站。他们在那里找到了一种地球上所没有的超富铀矿石。实验结果表明，在这种矿石中金属铀的含量，要比地球上高品位铀的含量高出十几倍到几十倍！

在N-7号星球接收室的电视监视台前，埃斯坎博士已经使用了八年的第四代电子机械人毕克，纹丝不动地端坐着。在它那闪光而端庄的面孔上，两只像红宝石一般的电子眼直视屏幕。

年轻的中国工程师许毅，在N-7号星球上，曾经使中国金猴号耐高温机械手创造了奇迹。此刻，他想起了尾随在“玫瑰”后面的令人讨厌的灰色跟踪物。突然，一阵清晰而快速的呼叫声响了起来："我是毕克，'玫瑰'危急！……"

原来，灰色跟踪物是一个无耻的空中盗贼。它在多次向"玫瑰"靠拢，伸出机械手，试图掠夺而未成功之后，竟然发出以核武器威胁的信号。"玫瑰"在刹那间消失了，但未发现任何爆炸或销毁的迹象。为了挽救"玫瑰"，埃斯坎博士毅然决定让毕克乘着光子-911型宝剑号前去阻击。

电视录像屏幕前，并肩坐着许工程师和埃斯坎博士。这时，地球发来了信号："正当我们热切等待，密切地注视着'玫瑰'时，发现轨道上埋伏有一架不明国籍的盗贼飞行器。我们已经指令航天站遥控'玫瑰'躲过魔鬼，现在它已脱离轨道，射入大气层深处，等待安全信号……"

许工程师和埃斯坎博士注视着荧光屏，只见毕克操纵的光子-911型宝剑号，像一道光线，在无际的宇宙中划来划去，逐渐和图像上模糊不清的"灰点"靠拢。两者就像旋风一样，兜着圈子，互相追逐、较量着……

突然，毕克的"宝剑"射出了一束白色的闪光，紧接着，发出了激光弹，在闪光中，图像上的"灰点"一下子原形毕露，现出了狰狞面目：恰如一只癞壳螃蟹，居然伸出了几条类似触角、钳子似的东西。只见几次闪光之后，它依然张牙舞爪，横冲直撞。显然，敌方也安装有激光报警器和避弹设施。

这时，毕克报告："敌方有防核装置和避弹设施，远程进攻无效；近程进攻，敌方有机械手，我们有成为俘虏的危险！"

"在它腹中爆炸！"博士捏紧拳头，一字一顿地喊道。

"保证消灭敌人！"毕克发出最后的声音。刹那间，荧光屏上一道光线向"灰点"射去。在毕克再一次打开的强光探照灯照明下，只见"癞壳螃蟹"正企图落荒而逃，可是，"宝剑"一个弧光闪烁，屏幕上便只剩下了一缕淡淡的冷红色烟雾。紧接着，N—7号星球上的勘探站收到了"玫瑰"平安到达地球的信号。

《科学时代》试刊，1978年

未来的早晨

阿　艇

清晨5点30分，我们全家几乎同时起床了，因为每个人都戴着一只能接收电视台讯号的“电视闹表”。

起床以后，全家老少按照各人的爱好进行活动。老人们出去散步，打太极拳；孩子们去做体操，跑步，念英文；我爱人是女高音歌唱家，在引吭练声；我习惯头一件事是看当天的报纸。现在的报纸真多，尽管我连一份报纸都没订，但我有一架“阅报机”，只要调节旋钮，就可以在荧光屏上看到各种当天的报纸和以前的报纸。

“嘟嘟”，在6点钟的时候，从我胸前的那个只有纪念章那么大的袖珍半导体收音机里，传出了天气预报的声音：“第十熟水稻和第五季棉花今天就要收获，根据农业局的建议，今天天气控制为晴天。”正在这时，只见几架飞机闪过天空，喷撒化学消云剂，驱散了乌云，太阳露出笑脸，大地铺满了金色的阳光。

6点半，我们全家准时来到餐厅。一包包早点，从输送食品的管道里自动地落在餐桌上。这些早点，是我爱人昨天晚上用电话向食品公司预订的。

早饭后，全家老少“各奔前程”。130多岁的曾祖父是著名的电子计算机专家，仍在研究“写话机”；曾祖母在写她的《回忆录》；祖父到宇宙航行研究所去研究从冥王星上发回来的照片资料；祖母开始用电子绣花机绣制枕头；父亲坐船出海捕捉人工养殖的鲸鱼；母亲到农场去，驾驶大型拖拉机收割水稻和棉花……我开着无轮汽车到未来晚报社接受新的采访任务。

“一日之计在于晨”。新的繁忙的一天，又开始了……

《文化与生活》，1979年第1期

到珠穆朗玛峰去

费金深

学校放春假了。地理老师李汶带领四名女少年科学爱好者，乘上学校的专机到世界最高峰——珠穆朗玛峰去旅行。40分钟后，飞机已在世界最高的寺庙——绒布寺降落。机场的面包车把她们送到一座用巨大的花岗岩石砌成的少年宾馆。这里装有氧气自动调节装置，房间里清新的空气似乎不用呼吸，就会自动流入肺叶似的。

宾馆里的阿姨给同学们拿来了一个很大的玻璃水果缸，里面盛满了菠萝、柑橘、苹果和葡萄。四月的绒布寺，还是一片冰雪世界，这些水果从何而来呢？阿姨望着同学们惊异的脸色，喜盈盈地解释道："这是我们瓜果蔬菜工厂生产的。工厂里要什么气候，就有什么气候，各地的瓜果蔬菜都能在这里安家落户。"卓玛是一个好问的女孩子，她问道："西藏能源比较缺乏，哪来动力供应你们工厂？""我们脚下有地热……"李老师告诉卓玛："科学家发现从太平洋岛弧地带，经过东南亚、缅甸、喜马拉雅山、伊朗、西欧，一直到冰岛，地热格外丰富，利用价值也很大。"

下午，她们搭乘汽车从宾馆出发，到达著名的绒布冰川前端。她们穿好鸭绒衣服，戴上墨镜和氧气口罩，背起高山背包，手持不锈钢冰镐，迈出了征服世界最高峰的第一步。她们爬上了终碛垄，绒布冰川像一条皎洁的游龙，呈现在同学们面前。好问的卓玛又向老师提问了："这么大的冰川，是怎样形成的？"李老师解释说："这里的气温非常低，水都结成了冰，这种冰叫水成冰。还有一种冰是由积雪变成的，叫变质冰。冰川就是变质冰。雪崩和风把陡坡上的雪，搬运到低凹的粒雪盆里，雪在那里先变成细粒雪，后来又变成粗粒雪，粗粒雪一层压着一层，底部的粒雪便慢慢压成变质冰。变质冰在自身的压力和重力作用下，发生塑性流动，越过盆口，蜿蜒而下，形成冰川的冰舌。"

忽然，走在最前面的游泳健将山花大声喊道："这里有个大冰洞，快来看呀！"大家赶到前面，只见在冰崖上有一个古城拱门似的大洞，两米来高，神秘地仰卧着，洞口雪檐上的冰钟乳闪闪发光。他们走进洞里，离洞口20米的地方有一座水晶大厅，顶上悬挂着美丽的冰钟乳，有的像吊灯，有的像利剑……大厅的四周，宛如琉璃镶嵌的九龙花壁，放射着异彩。同学们被这童话般的奇景吸引住了。在老师的催促下，她们才依依不舍地离开了这里。

不知走了多少路程，她们走到了冰洞的尽头。出了冰洞，她们又来到了一座冰塔林。冰塔是冰川世界中最奇异的景色。一座连一座大大小小的冰塔，仿佛用汉白玉雕塑出来似的，万笏朝天屹立在冰川上，千姿百态，婀娜动人。有的像尖塔，有的像古城楼，有的像天文台，有的像骆驼、长颈鹿，座座冰肌玉骨，个个晶莹夺目。

绚烂的晚霞映红冰塔林时，同学们来到了冰塔林南侧的营地过夜。

第二天清晨，李老师带领她们穿过冰川，沿着鱼背似的山脊前进。在左前方的山坡上，岩石中镶嵌着各种各样的贝壳化石，它像磁石一样，把同学们都吸引了过去。她们拿出地质锤从岩石中采下许多贝壳化石，有孔虫、海胆、珍珠贝、菊石、鹦鹉螺、海百合……李老师还采到一块鱼龙的牙齿化石。鱼龙又叫喜马拉雅龙，外形像鱼，但它是爬行动物，生活在远古时代。这些化石，把同学们的思路引向了远古时代。那时，这里是一片汪洋，后来由于剧烈的地壳运动，使原来在南半球的印度次大陆向北漂移了9000千米，撞到中国大陆上来了，两块大陆不断挤压，形成了喜马拉雅山。

离开了这片贝壳化石世界，同学们在6100米高的营地吃过午餐，又继续向上攀登，到达了北坳营地。明天就要向顶峰攀登了，同学们兴奋得一夜没有睡好。

黎明，李老师给同学们预备好了早餐，再过半小时就要出发了。老师检查了各人的行装，下令出发。她们走过一条陡峻的山脊，越过一道倾斜的雪檐，忽然，发现脚下的面积逐渐狭小起来，眼前的视线却无限宽广，世界的最高峰终于踩在她们的脚下了。

《甘肃文艺》，1979年1月号

SJ-1

何　滨

奶奶有头疼的毛病。今天下午，我陪她乘气垫车到脑专科医院去测脑电图。杨医生热情地接待了我们，他是爸爸的老朋友。

在脑电图机的中心控制台上，我看到像一只只大眼睛眨巴眨巴似的各种指示灯，指针跳着摇摆舞似的许多仪表。杨医生按了一下键钮，数字显示器绿色的荧光屏上一闪一闪，显出了一排字码MB-815872。他告诉我，这是奶奶的脑波编码。

“什么是脑波编码啊？”我喜欢打破砂锅问到底。杨医生说：“人脑会发出一种极微弱的电波——脑波。由于每人的脑波不同，人在思维时，脑电流变化强弱也不一样。控制台里的计算机能把脑波记下来进行编码，这就是脑波编码。脑波编码和手指纹一样，终生不变。”

为了满足我的好奇心，杨医生给我测了一下脑波编码。他先给我戴上一顶用电线连着控制台的奶黄色的金属头盔，接着按了一下键钮，绿色光屏“唰”地一下显出了一排新的字码KK-900005。

“那么，脑波编码有什么用呢？”我决定向杨医生刨根问底。可是，杨医生眯起眼，故意卖“关子”说：“你爸爸是这方面的专家，去问他吧！”

在乘车回家的路上，我忽然想起，如果用脑波编码实现思维通信，像打电话那样方便，该多么富有诗意呀！我无限向往地沉思了。

第二天上午，我跑到爸爸的研究所，一口气把在医院里看到的一切讲给爸爸听，还绘声绘色地讲述了我的幻想。“你的幻想，我老早就有了。”爸爸兴致很高，“我已经研制成了SJ-1，用脑波编码把我们的幻想变成了现实！”什么是SJ-1呢？爸爸告诉我，这里的“S”代表“思想”的“思”字；“J”代表“计算机”的“计”字。我一下子明白过来了，这是思想计算机。

“让我们来进行思维‘对话’吧。”爸爸从实验室取来了两个闪着银白光辉的金属头盔——SJ-1，把上面的“发射”和“接收”键钮按了一下，接着又把我和爸爸的脑波编码：KK-900005和SK-543216输入SJ-1。爸爸给我戴上了一个SJ-1，交给我一个火柴盒大小的液晶荧光屏。然后，他带着另一套这样的东西走出去了。这时，办公室静悄悄的，只剩下我一个人。

咦！我惊奇得差点儿叫出声来。奇迹发生了：就在我看到爸爸出现在我手里的荧光屏上的同时，我感受到了爸爸的思维。他眨了眨眼睛，对我“想”——因为他并未开口，而是在思维：“喂，玲玲，你感觉怎样？”他指指自己的头。“好极了，爸爸。印象非常清晰，您在哪儿？”我也用“想”回答爸爸。“我在四楼会议室。好，我就过来，再见。”他笑着对我点点头。当他摘下头上的SJ-1的时候，通信中断了。我俩无须开口，就完成了“神不知、鬼不觉”的“谈话”，真同神话一般。

一会儿，爸爸兴冲冲地走进了办公室。他告诉我：“SJ-1是用脑波编码实现思维通信的。它高度保密、可靠，不受干扰，不受距离限制，不光可以在现代战争通信中大显身手，还可以用在空中、海上和水下通信，它又是聋哑人的好朋友。美中不足的是，它还不能用来和不相识的人通信。”接着，爸爸无限深情地说：“SJ-1技术日趋完美后，可以发展成SJ-2、SJ-3。这些任务要由你们来完成了。玲玲，要刻苦读书，让我们插上幻想的金翅膀，把许多幻想变成美丽的现实吧！”我完全被爸爸的科学激情感动了，赞同地点着头。

《少年文艺》（江苏），1979年第1期

绿色的尸体

蔡 菁 周明达

飞龙山万吨冷库发现了一具绿色的尸体。彭海市公安局的侦察科科长冯俊相赶到了现场，只见多年没有使用的冷库耳房的水泥地上躺着一个小孩，背上斜挎着一个草绿色的书包。他的脸微呈淡绿色，眼半睁着，手里还捏着一只死麻雀。

经检查，小孩的尸体上没有暗伤，连一点明伤也没有，不像是被凶手暗害的。没人暗害，小孩又怎么会死在仓库里？更令人奇怪的是，小孩的心脏还在微弱地跳动着。

冯俊相打开书包，聚精会神地翻弄着书簿文具，发现书的封皮上写着："班次：四年级三班；姓名：杨勇中"。突然，他想起11年前曾经发生过冷库管理员程宗兰的11岁独子杨勇中失踪的案件：那是初夏的一个星期天，程宗兰怕小勇这个淘气包在外面闯祸，就带着他到冷库去上班，谁知下午三四点钟时孩子突然不见了，四处寻找也没有下落。

那么，在冷库耳房里发现的杨勇中，会不会是11年前程宗兰丢失的独子呢？冯俊相找来了程宗兰，经辨认，这小孩确实是她的儿子。

与此同时，急驶的救护车已将杨勇中送到了彭海市医科大学附属医院。以苏林教授为主的抢救小组成立了。根据各方面检查后的综合分析，遇难者是由于遇到了一种自然界的休眠灵的袭击，呼吸和新陈代谢停止，形成了假死状态。可是，要使这具绿色的"尸体"复苏，却没有成功的先例。为了挽救孩子的生命和侦破案件，苏林教授毅然首次使用了自己的研究成果——苏复剂。结果，抢救成功了，杨勇中复苏过来了。

为了揭开绿色尸体这个谜，人们陆续来到了苏林教授的实验室。杨勇中绘声绘色地讲述着遇难的经过：“我发现麻雀从鸟笼里钻了出来，就跟踪追了过去。它钻进了冷库耳房，我也追了进去。突然，我觉得头有点晕，身子飘飘然，脚向前滑去……”“这说明，孩子已开始受到一种生命休眠灵的袭击。”苏林教授兴致勃勃地说。

“我捉住了麻雀，滑倒在地上。”杨勇中继续说，“可是，无论怎样挣扎，我都没能爬起来，也喊不出声来，以后就慢慢地失去了知觉。”“这么说，暗害这个孩子的罪犯，是休眠灵？”冯俊相用征询的眼光，看着苏林教授。“是这样！”苏林教授兴奋地说，并随手拿出了几个密封的容器，“这是我从现场取回来的几种溶液和灰尘，经分析，化学成分和我实验的苏氏休眠灵有些相同。”

接着，苏林教授给大家做了个实验。他捉来一只芦花大公鸡，把它放进与外界隔绝的容器里。将苏氏休眠灵放进去后，原来欢蹦乱跳的公鸡安详地睡了。不一会儿鸡脸和爪子变成了淡绿色。可是把苏复剂放进去后，这芦花大公鸡便自由地活动起来了。霎时，实验室沸腾了，人们祝贺苏林教授的成功！

应大家的要求，苏林教授讲解了苏复剂：“昆虫和蛇冬天休眠，来年初春惊蛰复苏，在这些自然现象的启发下，我设想人类是否可以创造这样的药剂，经过科学的处理来达到预期的目的呢？于是，我进行了几十年的实验。看来要不了几年，苏复剂就会得到广泛应用。例如，经这样处理的鸡鱼肉蛋，就不再需要冷藏了。这可以克服冷藏的弊病，食用起来特别鲜美。”大家怀着探求知识的渴望，聚精会神地听着。

《少年文艺》（江苏），1979年第2期

T因子的悲剧

何　滨

夜深了。我写完了《人工合成T因子》的科学论文后，为核对几个重要数据，又从书架上抽出伊·杨斯基教授著的《关于延寿因子的探索》。

杨斯基教授是全球，不，全宇宙著名的生物学家。他是我在拉斯共和国求学时最尊敬的导师。当时，他正致力于人类延年益寿的科研工作。我作为他最亲近的学生和助手，竭尽全力支持和协助他进行这项工作。

经过多年呕心沥血的研究，教授发现：生物有一种叫作T因子的生长素。生长素像电池点亮电珠一样，供给、支配着生物的发育成长。当T因子“用完”后，生物也就走向衰亡。如果能把T因子像给蓄电池充电似地补充，不是可以使生物延迟衰老，永葆青春，甚至返老还童吗？为此，我们进行了大量的试验。先从小狗体内抽取T因子冷藏起来，当小狗发育快完成时，把储存的T因子再还给它，结果，小狗的发育期果真令人兴奋地延长了。后来，我们又把小狗的T因子注射到即将衰老的老狗体内。一个多月后，老狗返老还童，动作灵活得胜过那小狗。为了把试验使用于人类，我们又选择了猩猩做试验。结果，老态龙钟的猩猩被注射小猩猩的T因子后，重新恢复了青春的活力。

使我深感遗憾的是，在我们即将计划对人类进行试验时，由于工作上的需要，我被召回国了。

《关于延寿因子的探索》一书是杨斯基教授名扬四海的杰作。10年前，为了纪念我们的合作和友谊，他给我寄来了这本宝贵的书。在翻阅的时候，书中夹着一封时隔多年的信，突然映入了我的眼帘。在信中，教授激动地陈述了自己一段痛苦的经历：

在你回国后的第二年，我被调往宇宙城生物延寿研究所工作。所里派给我两名担任军职的助手，一名中尉和一名少尉，他们也都是很有才华的青年科研人员。不久，我们接到通知，准备为一个来自地球的人施行T因子抽取手术。这是我们第一次把手术用于人类，因而我的情绪特别兴奋。但是，后来的事情却十分令人失望。被领进来做手术的是个约10岁的小男孩，骨瘦如柴，营养极度不良。这样的孩子怎么能经受得住手术呢？我紧蹙双眉，摇了摇头。蛮横无理的所长命令中尉进行这项手术。我气得浑身打战，我不能容忍科学的尊严被践踏，我强烈抗议，突然，我眼前一片漆黑，之后就什么也不知道了……

当我醒来时，发现自己已躺在一间双人病房里，那小男孩正躺在我对面的床位上。经过交谈，我才知道这小男孩就是我邻居安娜的儿子，他是被强盗拐骗到宇宙城来的！他的爸爸曾在城里最大一家药厂工作。老板波涅夫整天做着返老还童梦。在一次事故中，这孩子的爸爸不幸死亡，留下了妻子安娜和当时只有三个月大的小男孩。

医院根本不管安娜的儿子，除了一日三餐的粗饭，其他什么都不给。一周后的一个清晨，在远离地球的宇宙城，这个可怜的孩子还没来得及最后亲吻一下妈妈，便永远离开了人世……

半年之后，我申请回地球度圣诞节。我简直不能相信，昔日美丽动人的安娜，因丈夫的死和儿子的失踪，竟变成了疯疯癫癫的苍老的女人。当我打听到65岁的波涅夫现在越活越年轻，打算在圣诞节大摆返老还童寿宴时，我才恍然大悟：中尉他们后来瞒着我，给波涅夫施行的还童手术，使用的就是安娜儿子的T因子！我愤怒、激动，感到浑身的血一齐涌向头部……

读完了杨斯基教授的信，我思绪纷乱。后来，我多次给教授写信，告诉他T因子在我国已成功地用于人类，教授的心愿已如愿以偿。现在，我正在努力发展他的成果，人工合成T因子已初步获得成功。但是，我却一直没有收到他的回信。我如果根据教授的愿望，将他给我的信公之于世，就会引起全世界及全宇宙人类的公愤和谴责，击中法西斯们的要害，他们对教授是什么卑鄙的事都干得出来的！

黎明来临了，一缕霞光正照在杨斯基教授著的《关于延寿因子的探索》书上。我推开窗，遥看西方——敬爱的老师，杨斯基教授国度的天空上，仿佛也已经出现一片淡淡的，然而却是富有生气的霞光。

《少年文艺》（江苏），1979年第3期

天球游记

何　滨

少年宇航员阿龙乘着少年先锋号光子飞船，飞向太空去宇宙探险。在远离地球的太阳系“边疆”——冥王星上，他看到了另一个“太阳系”，那里有个蔚蓝色的星球——天球。

在不远的太空里，千百个“飞碟”正在穿梭飞行。一个停在冥王星上的“飞碟”向阿龙发出了“O—S—O”的信号，阿龙用同样的信号作了回答。突然，从那停着的高高的“飞碟”里，飞出两个装着机械翅膀的天球人来。天球人长得和我们差不多，只是他们的脖子灵活得能让脑袋左右一百八十度地转动。阿龙用图画告诉天球人，他是从地球飞来的。天球人“哈哈”地笑着，给了阿龙一对翅膀，让他乘着“飞碟”到天球去做客。

整个天球城，被罩在无比宽广的薄膜一样透明的“天罩”里。这里的气候不受外界空间寒暑变化的影响，四季如春。天球老爷爷把阿龙带到一家天球机器人博物馆里，这里的机器人全都像真人一样。老爷爷把阿龙介绍给身边的几个机器人，它们向阿龙讲了话，但它们的话也像老爷爷的天球话一样，阿龙一句也听不懂。这时，一个“黄皮肤”矮机器人走了过来，用标准的普通话欢迎他，并自告奋勇给他当翻译。这是怎么回事？阿龙后来才知道，博物馆里所有的机器人，都曾用“飞碟”送到宇宙各个星球，录回了千万种语

言，它们回到天球后，便成了翻译。打这以后，老爷爷和阿龙带着那翻译机器人逛游起天球城来了。

阿龙他们来到了一座天球学校。只见学生们个个专心听讲，还把老师讲的录在像帽子似的电子脑里。复习功课时，戴上它，努力思考就行了。不懂的地方，可以用电视直接请老师帮助。学生的作业本用的是新型练习纸张，叫超薄型逻辑电路计算纸。如果学生的作业做错了，纸上会自动显示出特殊色彩来。每个天球学生只有一支铅笔，那是一支用不完的铅笔。铅笔是细菌增殖的，只要有空气，笔芯里的细菌能很快地繁殖，还能自己把笔尖排成尖锥形，不需用刀削。但笔尖一成尖锥形，细菌的繁殖便暂停了。太阳偏西了。在参观结束时，学校校长热情地送给阿龙一顶电脑帽、一支写不完的铅笔和10本奇妙的练习本。

阿龙同天球人乘“飞碟”连夜回到了冥王星。他刚回到少年先锋号座舱，就接到了立即返回地球的命令。临别时，老爷爷送给阿龙一本《天球语大辞典》，阿龙也没忘记邀请他们到地球回访做客。最感人的是，那“黄皮肤”矮机器人舍不得阿龙走，它有力地用手拍拍阿龙，眼里像含着泪水，紧紧地和阿龙拥抱在一起。

《少年文艺》（江苏），1979年第4期

21世纪铁路漫游记

邓延陆

明明登上了从广州到北京的21世纪的“未来列车”。

这部列车可奇怪了。它没有司机，由自动行车控制器取而代之；也没有车轮，是一部磁垫火车；连“检票员”也是由机器人充当的。车厢的外壳由有机玻璃钢制成；车厢的内壁则是由发光塑料镶嵌成的。

在自动遥控的调度所里，一台巨型的综合电子计算机当上了调度员；在铁路建设工地上，原子能热熔式筑路机和自动铺轨机等，正在大显神通。

通过这次漫游和参观，明明大开了眼界。他决心好好学习，当建设美好未来的接班人。

《21世纪铁路漫游记》，湖南人民出版社，1979年5月

小乒乓变了

郭　治

李小明不大爱学习，可乒乓球却打得挺棒，是个乒乓球迷，同学们给了他一个外号，叫小乒乓。

李小明非常羡慕乒坛名将杨亮的横拍打法，他真想直接去找杨亮，请他手把着手教自己，可是真不巧，杨亮和他的球队正在非洲访问。

后来，信息研究所的科学家运用最新的全息运动测量术，让李小明站到杨亮的全息像中，使李小明的手和球拍与全息像中的重合，并随着杨亮打乒乓球的动作，帮助他学会了杨亮的打法。这样，李小明的心愿终于实现了。

什么叫全息技术呢？《全息技术的发展》一书告诉李小明：全息，就是全部信息的意思。1960年激光器制成后，全息技术得到了发展。利用激光，实现了全息照相，又实现了全息测量。最近几年，全息电影、全息电视和全息电话的研究也有了可喜的成就。

在这以后，李小明和信息研究所的科学家交上了朋友。他看到了像大象那样的猪，脚和身体像鹅的鸡，现代化的充气建筑，石油酵母做的食品，五花八门的机器人等。有一次，李小明冒冒失失地闯入了“空间技术实验室”，还登上了月球和火星。这一番不平常的经历，使小乒乓终于认识到学科学的重要。从此以后，他努力学习，刻苦钻研，小乒乓变成了真正的小科学家。

在全国少年乒乓球锦标赛中，李小明研究了《对策论》，在科学家的指点下，用万能电子计算机选出了最理想的战术。李小明所在的球队荣获了冠军，被推选为代表到月球去访问“月球人”。

《小乒乓变了》，中国少年儿童出版社，1979年5月

H-N-Y

何　滨

我和儿子冬冬到动物园去观看小海豚表演。这是两只多么活泼可爱的小海豚呀！瞧，一会儿打乒乓球，一会儿顽皮地潜入水中捉迷藏。呀！还会跳火圈呢！活像猴子，一刻不停地活动着。

“爸爸，海豚晚上睡哪儿呀？”冬冬突然拉着我的手问。“海豚一边玩，一边睡觉，孩子。”站在冬冬左面的一位观众搭了话。我忙转过头看，这是一位六十开外的老人，满头银发。

从那老人和冬冬的谈话中，我得知他是研究海豚的。正好我也是研究海洋动物的，同行是亲家，我不由得和他热情地攀谈起来。原来，他就是我在美国的老同学的导师艾华博士—— 一个研究海洋哺乳动物颇有成就的著名学者。

我正在酝酿写一篇关于海洋动物的论文，想请博士介绍一下他自己的研究成果。艾华博士的眼里闪烁着喜悦的光芒，他用标准的普通话讲了起来：

通过昼夜对海豚的观察，我发现海豚非常顽皮，活泼好动，好像不需要休息和睡眠！为了弄清这个非常奇怪而有趣的问题，我坚持不懈地进行科学实验。我选定了一只小狗和一只小海豚，按它们的体重，分别注射了安全剂量的麻醉剂。小狗呼呼地睡了，呼吸很均匀；开始时小海豚也睡着了，可是，半小时后，它的呼吸变得越来越慢越弱，最后竟停止了心跳和呼吸。

这到底是为什么呢？我重新进行了一次实验，给小海豚戴上机器帽——遥控脑波电子计算机。想不到又出现了奇怪的现象，正在嬉戏的海豚，它大脑的左、右两个半球的脑波电流，竟会每隔15分钟强弱交替变化一次，准确得像一架钟的摆锤！这下我可找到了海豚不睡觉的秘密啦！原来，海豚脑的两个半球，像两个警惕性很高的哨兵，这个站岗，那个睡觉，那个站岗，这个睡觉，准时交接班，永远替换不停。海豚脑的休息和活动，是在清醒的情况下交替进行的，麻醉剂突然强迫它的脑全部休息，海豚就变得“糊里糊涂”，心跳、呼吸都搞不清，这不是要它的命吗！

我早就想在使人长寿的道路上寻找出一条捷径，要知道，人类为了睡觉，白白地消耗了多少宝贵的时间呀！于是，我发明了海豚脑波延寿器，用汉语拼音字母命名为H-N-Y。它像一顶漂亮的小白帽，戴在头上，可以使人脑模仿海豚脑的功能，有意识地进行兴奋、抑制的规律变换。这样，人的工作效率就能提高许多倍，而花在睡眠休息上的时间却可以大大减少，从而使人的寿命得到延长。

《少年文艺》（江苏），1979年第5期

巴达斯教授的臭虫

陈广群

上校奉命率领清剿部队寻找并消灭游击队，然而在茫茫的热带草原中，连游击队的影儿也看不见。上校正苦恼万分，巴达斯教授带着他的发明，到战场做试验来了。

教授发明了“觅人臭虫”。这是一种长20厘米、两头小中间大的金属扁圆体，有四条腿，两条金属触须，一个发射天线。他对上校说：“你不是苦于找不到游击队吗？我这些‘觅人臭虫’，装有灵敏的电子鼻和红外线接收器，能发现离它很远的人，并能按人的远近、方位、数目发回无线电信号。”上校听得出神，决定一试。他派人隐藏在森林中，教授放出臭虫，不久即发回信号，准确地发现了隐藏的人员。试验非常成功，教授和上校一起大笑起来。

一星期后，大规模的围剿开始了，教授带着臭虫参加行动。臭虫发回紧急信号，报告森林里有游击队。上校传令向森林搜索前进。不久枪声大作，上校命令炮轰，不料对方也开炮回击，上校急求飞机支援，才把对方压了下去。正在庆幸之际，上校看到森林上空升起三股黑烟，不禁目瞪口呆，原来森林里是自己人。教授见状不妙，赶紧发出信号叫回臭虫。这时围剿总指挥将军乘直升机来了，他要送上校上军法处，上校报告是教授的臭虫出了毛病，教授惶恐地辩白臭虫是好的，只是不分敌我。

一个月后，教授随同将军又来到上校指挥部，说只要士兵吃下他的药丸，身上就会发出特殊气味，臭虫闻到后就会发回特殊信号，这样改进后的臭虫就能准确地辨认敌我了。根据将军的命令，所有士兵都吃了药丸，果然在以后的行军中，靠臭虫的侦察，他们捉到了几名游击队员。

一天，部队驻扎在一座地形险恶的小山上，教授放出所有臭虫担任警戒。控制仪上亮着太平无事的小黄灯，他们甚为放心。突然响起暴雨般枪声，一个军官报告四面都被游击队包围了。上校像疯狼一样扑向教授，教授瘫倒在地。他们终于被游击队消灭了。原来是先前有的臭虫被游击队捉去，经过解剖研究，终于找到了制伏它的方法，在这次战斗中，教授的臭虫全都失灵了。

《科学文艺》，1979年第2期

潜伏者的阴谋

高炜宾　孙洪威

音乐戛然而止。参加联欢会的青年舞伴纷纷走回自己原来的座位休息。

空军基地司令员白翔和地震专家季玉雪的女儿白梅，正在专心与头发闪着光泽、衣着漂亮的赵时君说话。忽然，旁边一个叫郝林的人用男低音说："我可以请您跳一支舞吗？"这时，他俩才意识到音乐又奏起来了。

白梅和那个叫郝林的青年跳完舞，回到原来的座位上后，发现赵时君已不辞而别，白梅感到十分不愉快。郝林对白梅说："我送你回家。"白梅拒绝了他。

人们正在欢乐的时候，这座1000万人口的大城市即将面临一场不幸的灾难。由于太平洋板块向西挤压，城市下面有一条大断裂带正在发生变化，地应力和岩层抵抗能力之间的矛盾正在激化，不久将会发生一场6.5级的地震。如果地震前夕有一个外来的强大的力作用在断裂带上，地震将提前发生，而且还将大大增加地震的级别。这意味着一场浩劫。

地震部门的专家正在想方设法，将这次地震造成的危害减轻到最低程度。白梅的妈妈是位地震预报专家。不久前她作的一次地震预报打破了世界纪录，误差不超过10分钟。但是，地震的危害仍然威胁着人们的生命和财富。朱子光教授为此提出采取减震措施，在预定震源的地方，用激光打井，注入一种M–33溶剂，使大震化为无数次微量小震，把地震的能量逐渐释放掉。

正在这时候，空军的一颗警戒卫星发现，一艘某国的核潜艇斯捷号，从巴士海峡北上，潜伏在这里附近的公海上。有关部门估计：它将在地震即将发生的时候，突然侵入我国领海，在水下用激光打孔，埋下核炸药，诱发地震，使这次地震的级别提高到8级。因此，敌人非常想了解这次地震发生的确切时间。

正当白梅为赵时君不辞而别感到生气的时候，赵时君又来找她了。赵时君用柔情平息了她郁积的闷气，还送给她一只高级女式电子表作为白梅的生日礼物：“这不是一件普通的礼物，它象征着一颗忠诚的心。”白梅听了，沉浸在一片爱情的幸福之中。

白梅与赵时君分手以后，刚走到家门口，就听到有人在喊她：“白梅同志，你好！请允许我看一下你的手表。”“你是谁？”白梅一下子紧张起来。“我是郝林。”白梅一听到这个名字，顿时感到十分厌恶，就是他使赵时君在联欢会上不辞而别的。“砰”的一声，她立即把郝林关在门外。

第二天，白梅接到赵时君来电：“昨晚在门口遇到了坏蛋了？”白梅十分奇怪，他怎么会知道的呢？！赵时君在电话里一定要白梅晚上在老地方等他。晚上，白梅等在海边的一棵大树下，赵时君一见面就对白梅说："昨晚上是怎么回事，大概是你对他存有什么好感？"白梅恼怒了，把电子手表摔给了赵时君。赵时君赶忙赔礼说："何必呢！你不要生这么大的气。"在说话时，他迅速地从另一个口袋中掏出一只一模一样的电子手表戴到了白梅手上。正在这时候，突然闪出一个人来，一把抓住赵时君的手，把那只换下来的电子手表拿了过去。来人正是郝林。赵时君一看苗头不对，赶忙挣脱郝林的手，向海边逃去。郝林在后面紧追不放，最后抓住了赵时君。原来赵时君是某国派遣来窃取地震发生的准确时间的特务。

朱教授的地震减震措施已经取得成效。现在，地震已减到3级以下，地震能量即将释放完毕。有关部门决定将计就计，有意泄露地震发生的准确时间。敌人果然上钩了。核潜艇在我们强大的海军的逼迫下浮出了水面，束手被擒。白梅也从这次教训中清醒了。

《科学文艺》，1979年第2期

DNA彩色羊

何　滨

在今年的广交会上，阿拉伯商人默罕默德和美国商人小威尔斯，为了洽购一幅大型《万里长城》壁毯，激烈地争执不休。最后，他们商定，谁对《万里长城》壁毯的分析鉴别水平高，壁毯就让给谁。

第二天，他们准时来到了展厅。默罕默德手握先进的色谱分析仪，在《万里长城》前信心十足地测定着壁毯的毛色品级。而小威尔斯则用特制的高倍放大镜，聚精会神地观察着壁毯。

“天啊，这是神话吗？”突然，默罕默德神经质地叫了一声。小威尔斯还没弄明白是怎么回事，就被他一把拽住，一起来到中国陪同人员面前。“我们很想会见《万里长城》壁毯的设计师。”默罕默德激动地说。原来，他已发现，编织《万里长城》壁毯的羊毛不是染色的，竟是一种天然的彩色羊毛，天然的彩色羊长出来的彩色羊毛！

默罕默德和小威尔斯来到了内蒙古工艺品总厂。《万里长城》壁毯的设计师、蒙古族技术员温格尔热情地给他们作了介绍：

我在中学里最喜欢美术课，但是我自幼喜爱羊群，立志从事畜牧新品种的研究工作。中学毕业后，我进入了内蒙古畜牧学院。我曾设想，把雪白的羊儿培育成五彩缤纷的彩色羊。我的老师穆扬教授，正在研究用生物遗传的方法改造羊种。他对我这几乎有些异想天开的设想是那样地感兴趣，他笑眯眯地眨着眼，眸子闪着惊喜的光彩。

能不能把花的色素遗传因子DNA，像焊接水管一样，“接到”羊的色素遗传因子上呢？我们选择了色彩艳丽的太阳花，红的、橘黄的和天蓝的三种来实验。穆扬教授用十分熟练精细的“手术”，割取太阳花的DNA，再把它们分别“接到”精选的三只纯种小羊羔的毛色遗传因子上。不久，这三只小羊羔的毛色开始变化了。可惜色彩很浅，分布也不均匀。直到这三只羊的第四代身上，试验才获得了成功。现在，我们培育的毛色品种越来越多，它们五彩缤纷，美得像彩霞映照在百花园里，还散发着花蜜般的芳香。

DNA的连接手术毕竟不像缝一粒纽扣那么便当，我思索着新的“简便手术”。有一天，我到草原写生，画笔在调色盘里“嚓嚓嚓”地调和着色彩。“要是能像配调色彩一样……”我的眼前浮现出一幅异想天开的奇景：红色羊和蓝色羊配种，生出了紫色羊羔；黄色羊和蓝色羊配种，生出了绿色羊羔；红色羊和黄色羊配种，生

出了橙色羊羔……经过艰苦的努力，这个异想天开的“调色配种”终于成功了。

听到这里，默罕默德和小威尔斯激动极了。最后，《万里长城》壁毯理所当然地让给了默罕默德，因为是他首先发现了壁毯是用彩色羊的彩色毛编织而成的。

《少年文艺》（江苏），1979年第6期

红叶飞满天

江　菜

用电子计算机做成衣的现场表演，正在红叶服装厂的大厅里进行。奇怪的是，这里既没有布匹，也没有缝纫机；只是在大厅前面有一个控制室，巨大的荧光屏和操纵台占了一面墙。化工部的小王自告奋勇地充当试验对象，厂长赵玲让她坐在控制台前的沙发椅上。

“我们厂现在有两千多种服装的式样，分男、女、老、少和春、夏、秋、冬，共几十个类别。”伴随着赵玲的介绍声，彩色电视的荧光屏上显示出一件件五彩缤纷的衣服式样。最后，小王选中了一件连衣裙。

怎么做衣服呢？赵玲按动了几个按钮，另一个荧光屏上出现了一个浅灰色的淡淡的影子。这就是小王的体型特征，它是通过红外、超声和微波全息摄影装置，隔着衣服自动进行测量、摄影，并传输给电子计算机的结果。赵玲紧接着又按动了几个按钮，霎时间，那件连衣裙便不偏不倚，正好“套”在那个灰色的人影上。像演动画片似的，连衣裙的长、短、肥、瘦、腰围和身长都变动了几下，恰好稳定在人影子上。看得小王和其他人都傻了。

为了使小王完全满意，赵玲拿出一支光笔让她进一步修改设计。小王握着光笔，在荧光屏的连衣裙的胸前加了一朵山茶花，花瓣有浓有淡，每片绿叶也有深有浅。

还要不要修改设计呢？赵玲按动了几个按钮，随即，连衣裙缓缓地旋转了90°，出现了立体的侧影、背影和俯视。在这里，使用的是全息空间图示仪。

制作服装开始了。荧光屏上出现了一个与人体肤色差不多的人体模型，这就是根据刚才的数据精确复制出来的小王的人体模型。只见十几个喷头上下左右对准模型，喷出各种颜色的浆液，边喷边移动位置和角度，像变魔术似的，模型很快就穿上了上衣和裙子，以后又连成一体，衣服逐渐成形了，前后还不到一分钟时间。

“进行热固定和γ射线照射，使材料产生接枝和胶连，改进色泽、手感和牢固程度后，衣服就会自动包装好送来。”赵玲笑着告诉大家：“这一切都是红叶一型电子计算机控制的，这台计算机可同时为300个顾客服务，每天生产量大约为1万件服装。我们的计划是，在这十年里，让‘红叶’飞满天，为彻底解决全国人民的穿衣问题做出贡献！”

一位老首长从人群中站了起来：“如果喷头喷出的是高强度合成材料，能不能用来制造齿轮、蜗杆、丝杠、曲轴等零件呢？能不能制造火箭壳体、飞机机身，至少是汽车外壳、船舶外壳呢？能不能制造建筑材料呢？我们一定要让‘红叶’飞满天！”大厅里响起了一阵热烈的掌声。

《知识就是力量》，1979年第2期

魔术师的新奇遇

胡永槐

国庆52周年前夕，魔术师陆幻奇应老友——海洋综合研究院院长艾幻科的邀请，参加国庆联欢会并表演了魔术《空中钓鱼》。只见他手中的钓鱼竿一挥，就从半空中钓到了一条活蹦乱跳的金鲤鱼。

顿时，礼堂里爆发出一阵热烈的掌声。

正当艾幻科向陆幻奇祝贺演出成功之时，女报幕员报幕了："下一个节目：科学魔术《空中飞鱼》。创作者：艾幻科院长。表演者：艾院长的助手李大海。"

陆幻奇听了很吃惊：我刚表演完《空中钓鱼》，他却来一个《空中飞鱼》！

大幕拉开了，只听见李大海向空中喊了一声："空中飞鱼，赶快上台来！"从礼堂门口就飞进来一条油光闪闪的"大鱼"，围着李大海身边飞转。

陆幻奇从未见过这样一条会飞的大鱼，于是他向艾幻科打听这是一条什么飞鱼。

艾幻科并不立即回答，只是招呼李大海，表演暂停，并告诉观众，刚才通过魔术形式表演给大家看的是一项开发和利用海洋资源的新成果。

为了便于大家理解，接着就放映了彩色全息立体声纪录片《鱼与船舶的竞赛》。

大型荧光屏上出现了各种鱼类与船舶激烈竞赛的场面。最后，船舶输给了海豚和箭鱼。

担任影片讲解的艾幻科，向观众分析了鱼儿速度超过船舶的原因，并告诉大家，刚才表演的那条飞鱼，就是仿制海豚的皮和外形的智能机器鱼。不久的将来，还将采用仿制鱼类皮肤的人造弹性体材料，来制造各种各样的新型弹性体船舶。

观众对这一成果报以热烈的掌声。陆幻奇紧握艾幻科的双手，激动地说："祝贺您，我的老朋友！今晚对我来讲，是一次新的奇遇啊！"

《儿童画报》，1979年第6、第7期

海　怪

戴　山　　王金海

这次上级派我当方教授的助手，协助他编写《南海海藻学》。两个多月来，我跟着方教授走遍南海的大小岛屿，收集了大量海藻标本，着重研究了单细胞浮游藻类的经济价值和海藻工业的发展方向……

一天，当我跟方明教授登上珊瑚岛时，已是夕阳西下，晚霞满天。我们从气垫船里取出一只特殊的皮囊，充足了空气，随即在岛上矗起了一座银灰色的实验室。经过一天的紧张劳动，我独自在海边散步。

突然，海面上闪现一片奇光异彩，一头硕大无比的“海怪”蹿出海面，模样很像鲸，周身射出耀眼的银光。我不禁惊呼：“方教授，快！快！”当方教授闻声奔出帐篷时，那神秘的海怪却已经消失在海面上。

“跟踪追击！”方教授把手一挥，我们迅速地坐上气垫船，似离弦之箭，朝着海怪消失的方向飞驰而去。

不久，在右前方的海面上出现了周身发光的海怪，足足有五六层楼那么高。我们开足马力向海怪冲去。哪里想到，海怪猛然一扭头，张开大口，朝我们反冲过来，顿时我好像从天空中坠落到一个可怕的黑洞里……

当我从昏迷中醒过来时，一股浓烈的鱼腥味直冲脑门。我定睛一看：方教授正躺在鱼堆上面，双手紧抱着那个蓝色的塑料盒。这是我们收集的编写《南海海藻学》的重要资料。我们焦急地向四处搜寻着出口，突然听见墙外有“哗哗”的涛声，这时才明白我们已被关在这倒霉的鱼舱里了。

刹那间，从两侧墙壁的下沿，伸出粗长的机械手，将鱼堆推向西面的墙壁，只听见“扑通，扑通”的声音，鱼群不知掉向何处。

在慌乱之中，方教授机警地将我往天花板上一托。我双手拼命抓住天花板上的吊环，双脚荡空，而方教授却被那无情的机械手连同鱼群统统推了下去，西面的墙壁和地板又合拢了。我失声喊叫着“方教授！”这时，我想松开吊环跳下来，去找方教授，陡然感到身体迅速上升，我被吊在半空中。只见下面又有一批鱼群被水冲了进来，而后，天花板徐徐下降，我拼命朝房顶旁边的台阶上跳去，抓住了一根钢索，顺着钢索爬出了洞口。哟！眼前是一条甬道，我走到甬道尽头，被一扇拱形门挡住了去路，突然从门里传来嗡嗡的怪声："谁？口令！"

我被这意外的情况弄得目瞪口呆，谁知是什么口令呢！真急煞人。我情不自禁地捶打着拱形门，高喊："方——教——授！"突然，拱形铁门打开了，里面又传来了嗡嗡的怪声："请进吧！"我在心里暗忖，难道口令恰巧就是"方教授"？我怀着万分诧异的心情跨进拱形门，里面是一间莲花似的大厅。大厅中央放着一排像电子计算机似的工作台，前面竖着一块液晶标志牌，上面有"危险！闲人莫入"几个字。隐约可见一个穿白色工作服的人影在工作。

我对着液晶标志牌，高声地问："这是什么地方？方教授在哪里？"只见那个怪人按了一下工作台上的绿色电钮，彩色立体电视的屏幕上映出了奇特的情景：运输带上载着各种海鱼缓慢地移动着，忽然，在鱼堆中出现了方教授，他疲乏地坐在鱼堆上，怀里仍抱着那只塑料盒。

一瞬间，电视屏幕消失了，方教授踌跚地从拱形门走进大厅。他连忙问我，这是什么地方？

"这儿是海水提铀实验工厂。"那人怪声地回答。

"提铀？"我和方教授不约而同地说，"我们追寻海怪，难道已闯到了海怪的肚子里来啦？"方教授环视四围后，对我激动地说："我明白了，我明白了！"接着，他慢条斯理地讲了起来："三年前的一个傍晚，我和哥哥方达一起在海边散步，他面对大海深情地说，海洋真是取之不尽、用之不竭的宝库啊。在海底蕴藏着15000亿吨的锰结核，在海水中含有40亿吨铜、40多亿吨铀和550万吨黄金……为了进一步发展我国的原子能工业，我们必须向海水要铀。我哥哥是南海海洋资源研究所所长，他的一番话引起我的无限感慨！这真是人们的科学理想呀！哥哥充满信心地对我说，科学理想一定会变成现实的，你跟我来看一样东西……"

“这就是《01号海水提铀实验厂设计图》。这种须鲸式提铀厂像鲸那样日夜在海里游，新鲜海水先通过它嘴里‘筛子’的过滤，清除无用的杂物，接着就把海水推进装有白色粉末状钛酸吸附剂的‘胃囊’里进行消化加工，使海水中的铀吸附在粉末状的钛酸上，然后再送往‘大肠’，经过‘大肠’内部的淋洗加工，将铀分子附在‘大肠’上，进行吸收，再送往‘肝脏’储藏起来。提铀后的海水定时定量地通过‘肺’呼吸，从头部喷出来。只要在‘大脑’部分设置电子计算机的自动控制系统，调节‘须鲸’的内脏功能，就能源源不断地从海水中提取铀。”

“事情过去三年了，没想到今天我们碰到的海怪，就是我哥哥设计的须鲸式提铀实验厂啊！”

《科学神话》，第1集，1979年8月

哈雷彗星带来的新闻

邓小秋

今年是2061年。哈雷彗星将要来拜访我们的地球了。我和小鹰等一大群同学在学校的天文室里，等候着它的来临。

小鹰守着一架望远镜，监视着天空的变化。突然，他高声惊呼起来：“来啦！”我赶紧将脑袋凑近望远镜，只见一颗拖着一条明亮扫帚尾巴的彗星，划破了漆黑的夜空，飞快地奔来。这时，小鹰发现还有一颗暗淡的星星，和哈雷彗星保持着一定的距离，向前飞驰。开始我有点不相信，当我在望远镜中仔细地观察后，果然不错。哈雷彗星是不是分裂成两颗了呢？我赶紧打电话给在天文台工作的爸爸。爸爸听了我的汇报，哈哈大笑：“你们看错了，那是一颗人造卫星。你早些回家来，还可以见到一位曾住在人造卫星上的客人。”

“他是谁啊？”爸爸不肯告诉我。我急匆匆地回到家里，推开客厅的大门，与爸爸坐在一起的是一位年轻的小伙子，我走上前去很有礼貌地叫了一声：“叔叔，您好。”爸爸大声笑着说：“他可不是你叔叔，他是我的老爷爷。”我惊异地叫了起来。

这究竟是怎么一回事呀？

爸爸的老爷爷说：“有些动物到了冬天，不吃不喝，整整睡上一个冬天，这叫冬眠。我呢，跟它们一样，在人造卫星里的一个冷库里，睡了76年。”没等他说完，我就说：“你骗人！一个人要是血液冻住了，细胞冻住了，还能活吗！”爸爸的老爷爷微笑地点点头说：“是啊！但是，在北极有一种昆虫，体内有种抗凝结的‘甘油’，体温虽然降到了冰点，但是，体内的有机液体却不会被冻结。我们就根据这个原理，研制了一种‘甘油’，在冬眠时，血液、细胞液也就不会冻结了。这样，我就跟着哈雷彗星在太阳系里兜了一个大圈子。”

“这真是太好了！到时候，我们也能到遥远的星球去了。”

《幼芽》，1979年第4期

“金牛号”事件

陈仲义

经过一番周折，我终于乘上宇宙飞船，来到了空中城市——科学城。

这些天，科学城正面临着严重的威胁。我的爷爷——天文馆馆长曲教授和叔叔阿姨们正忙于商量对策。

事情是这样的：在半人马座α星住着具有高度智慧的生物，六年前，那里发射了一枚奶黄色陀螺飞行器，目前正在接近地球，它发射出一种奇异的密齿形电波，虽然眼下人们还未能加以翻译，但全世界绝大多数天文学家确认，这枚飞行器就是半人马座α星派来的友谊使者。可是，我的爷爷却对来客的真正意图表示严重担忧；他认为对可能出现的不测事件应该有所准备，并预言，各国巨大的科学城将会首先遭到攻击。

爷爷预料的事情果然发生了，奶黄色的飞行器向科学城发起了攻击：先是派出一对机械手，想要割断科学城的太阳能电池板，中断科学城的电源；这一阴谋破产后，又突然中断了科学城和地球的联系；紧接着一阵阵发狂的气浪向科学城袭来，科学城剧烈地摇晃起来，就像轮船遇到了龙卷风似的。更凶恶的是，它向科学城发射了超量射线流，企图摧毁科学城，使之在刹那间就化为一缕青烟。在爷爷的指挥下，科学城射出一道道青色的闪电。我知道，这是科学城射出的“粒子”炮弹，在成功地拦截着射线流。

但是，巨大的辐射热像一双无形的巨手，把科学城推入一个烈焰熊熊的火坑里。汹涌的热浪铺天盖地，把整个科学城给淹没了！这时，全城都紧急行动起来了。一排排轰鸣的制冷机开起来了，不断地向暗红色的城墙喷射干冰；一列列高速“喷雪”车，把成团成团的白雪抛向通红的天空；高举着水龙头的机器人，一个接一个冲上前去。慢慢地，火光暗淡了，城内的温度下降了。

人们还没来得及喘气，天空的西北部就出现了裂痕。我跟着爷爷和叔叔们，乘电梯到了天窗口。爷爷帮我系好了保险带，我就跨出天窗。在科学城的上空，我看到叔叔们指挥着机器人，顶着高热，拿着电子束焊接枪在“补天”。不知什么时候，小宇生也上来了，她是科学城土生土长的小主人。我俩配合着，把一块“补天”的材料——金属板，及时地送到叔叔们手里。

经过一番抢救作业，科学城的天空终于修补好了。人们已从天窗口陆续乘电梯回到地面，最后，天空走廊只剩下贪玩的我和小宇生。突然，远处亮起一道刺眼的锯齿形的闪电，我恍惚觉得身子变轻了。怎么搞的？是保险带断了！随即，我和小宇生飘了起来，朝着无边无际的宇宙深渊飘去。我觉得有一股强大的吸力，把我们吸了过去。我两眼开始直冒金星……

待我醒来时，我发现躺在一个陌生的座舱里，小宇生就躺在我身边。我观察着座舱，只见舱门正中央，“画”着一个鲜艳的金牛头。原来，奶黄色飞行器就是半人马座α星的金牛号啊。“砰”的一声，舱门打开了。我的前面站着一个怪人——四只眼睛、四只手的外星人！四眼人走到门边的桌子旁，朝桌底一摸，好像是在按电钮，抽屉便马上自动拉了出来，里面放着好几盘精美的食物。我想，这大概就是“食品制造机”吧。四眼人比画着古怪的手势，意思是叫我们吃。“食品里也许放着什么迷魂药”，我心里琢磨着，就劝小宇生也不要吃。

四眼人悄悄退出去了。我附在小宇生的耳边说，想办法把里头的设备捣坏。“食品制造机”坏了，四眼人吃不到饭，最后，就会乖乖地降落到地面，我们就有救啦！谁知正在动手的时候，我的手被抓住了。四眼人带走了我，把我塞进一个炮弹筒模样的装置里。“轰”的一声，我又失去了知觉。

等我睁开眼睛的时候，我已回到了科学城。这究竟是怎么回事呢？原来，该死的四眼人乘我昏迷之际，拔掉了我上颌的蛀牙，偷偷嵌进“义齿”——微型窃听发射仪，然后放我回来，妄想探测科学城的情报。幸好，这一阴谋及时被发现了。

反击的时刻来到了。科学城的神女号经过一番搜索，很快就盯住了“奶黄色”。一艘快艇随即从神女号上出发，很快就靠近“奶黄色”的舱门。我们摸进驾驶舱，里头已是一片凌乱。估计不久前曾发生过一场拼杀。

地板上躺着两个死去的机器人。机器人的肘下，压着一本散乱的《航天日记》。一位叔叔掏出微型翻译机，像拍照那样，对准最后一页翻译起来："下午1点23分……接近地球……发生故障……修理无效……呼救……突然闯进……四眼生物……搏斗……掠走资料……完全失灵……"

从角落里又搜出一份电报，微型翻译机很快翻译了出来："尊贵的向往已久的地球人：我们半人马座α星的友谊使者——金牛号，带着机器人和大批资料，在六年前出发，不幸在接近地球时发生严重故障。这是金牛号给你们的最后一封电报。请接受半人马人向地球致以文明的敬礼。"人们这才恍然大悟：密齿形呼救信号是金牛号发出的；那些该死的射线流，全是四眼人发射的。

在茫茫的宇宙中，神女号和奶黄色陀螺飞行器展开了一场激烈的搏斗。"奶黄色"尽管使出了浑身解数，最后仍然落网了。神女号拖着"奶黄色"朝科学城胜利返航。

科学城像热锅里的开水沸腾着。人们守在天窗下的电梯旁，愤怒斥责四眼人。突然，有人朝四眼人的后脑勺一抓，用力一撕。两只眼睛被撕了下来，露出了真人的后脑勺。小宇生从电梯上走了下来，她冲过去，一个劲冲着"四眼人"的"眼睛""脸皮"踩呀踩。

谜终于解开了。原来，地球上某个角落的白矮星公司，出于独霸空间的目的，制造了一种陀螺飞行器，利用它的高速和特技，到处进行骚扰破坏。他们特别仇视我国高速进展的太空科学事业，企图摧毁我们的科学城。为了逃避人类的谴责，他们精心制造种种假象，冒充球外来客，以此来掩盖罪恶活动。想不到还不到一周，阴谋就被彻底识破了。

《"金牛号"事件》，福建人民出版社，1979年9月

重返赛场

方伟功

人们盼望已久的国际田径运动会，在东非某共和国的首都开幕了。晚上，在高悬的聚光灯照耀下，国家体育场宛如白昼一般。十万人的看台挤得水泄不通，巨大的电子显示板正在显示着各项比赛的世界优秀运动员名单。突然，电子显示板上亮出了我国著名跳高运动员陈欣的名字。“陈欣？四年前他不是失去了一条腿吗？”观众们诧异地议论着。电视镜头也像不可理解似地、在陈欣那高大结实的身躯上来回移动着。人们看到了他那微笑的面容，同时看到了他胸前那金光闪闪的中国国徽，场内外观众顿时思绪起伏，四年前的往事浮现在他们眼前……

事情也是在这里发生的：周末的海滨浴场分外热闹，中国田径代表队的陈欣和队员们也来到了这里。突然，从海边传来一阵骇人的尖叫声。正在游泳的中国留学生金珊儿，见一条鲨鱼朝她的同学贾米丽袭来，急得不知所措，拼命地呼喊着。就在这千钧一发之际，陈欣一个冲刺，劈开海水，奔到非洲姑娘贾米丽的身边，挡住了鲨鱼的去路。结果贾米丽得救了，可是陈欣却被鲨鱼咬去了左侧的小腿和脚……

裁判员的哨声把人们从回忆中唤醒。场上，比赛开始了。随着跳高横竿高度的上升，试跳运动员已越来越少了。在持续不断的欢呼声中，陈欣的竞技状态显得特别好，他创造了新的世界跳高纪录！人们沸腾了，贾米丽手捧一束鲜花向陈欣奔去。一群记者蜂拥而上，将陈欣团团围住，要他谈谈失腿四年重返赛场的秘密。最后，还是金珊儿把这一秘密公之于世了。

原来，这是金珊儿的父亲、中国再生研究所的金教授创造的奇迹。金教授正在进行动物和人体再生的研究，在他的实验室里，青蛙的断肢和猴子的缺臂都长了出来。已经回国的金珊儿问她的父亲："你是怎样使它们的肢体长出来的呢？我们人能行吗？"金教授告诉她："再生，就是使细胞重新分裂。当人发育到成年，体内的细胞已分化为各种组织，失去了分裂的能力，如肌肉和神经细胞一般就不再发生分裂，切断了手、足后也就不能长出新的了。但是，蝾螈之类的两栖动物就不同了，它们的再生能力特别强，四肢断了能长出新的来。现在知道，这主要是细胞电位在起作用。对各种机体完整的皮肤进行测量，可以发现任何两点之间的电位或电压，都有很小的差别。在发生创伤时，伤口和周围完好组织之间的电位差会发生急剧变化，这就是损伤电流。这种损伤电流可能是激起再生的重要因素。有的动物伤口只是愈合，是因为它们的损伤电流的电位差，很快就没有了；而能够整个再生的动物，它们的损伤电流的电位差，却一直继续到再生完成。于是，我们就在不能再生的动物肢体的伤口上，一直施加外来的微电流。果然，它们的肢体整个再生了！当然，我们还辅以药物、磁场等，使再生进行得更理想。我想，在人体上也是一样，应该说是可以成功的。"

在金珊儿的请求下，金教授和几个专家给陈欣动了手术；切开已愈合的断脚部位顶端，涂上一种还未命名的药水，并植入电极，以便进行微电流的刺激。手术后，陈欣的腿被放入一个巨大的磁场发生器中。几个月来，他的愈合伤口在起着奇特的变化。起初伤口部分明显地突了出来，接着绯红色的顶部并排长出五颗黄豆般的肉芽，最后，五个小小的突起顶部庞大了起来，并长出了五个足趾！

到了手术后的第三个中秋节，陈欣的新脚已经和原来的差不多模样了。经过刻苦的锻炼，他终于重新踏上运动场。在这次出国参加世界田径运动会的时候，机场上挤满了送别的人群。金教授也来了，他不但为陈欣送行，还为他的女儿送行，金珊儿是作为中国田径代表队的翻译员，一道去非洲的。挥手告别时，金珊儿高声说："我们将给世界带去两个新的纪录。再见！"

《世界最高峰的奇迹》，少年儿童出版社，1979年9月

玲 玲

华 实

我叫冯国庆，是国庆一周年那天生的。我是广西山区的一个庄稼人，同时还是个业余音乐爱好者。去年，北京工人文化宫邀请我到北京去演出。我那12岁的小女儿牛牛也跟我一起去了。

到北京后的第四天傍晚，我发觉牛牛的身上有一股难闻的臭味。"怎么搞的？"我厉声问道。牛牛说："我遇到一个不相识的大姐姐玲玲。我问她叫什么名字，几岁，住哪儿，她都回答；可问她愿不愿意和我交朋友，她就不理睬了。我拉住她的手，要她回答。没料到她张嘴啐了我一口，臭极了。"

第二天，我和牛牛一起去找玲玲。没想到那姑娘一见我就说："冯国庆同志，您好！请到我家去坐坐，我爸爸等着您呢。"说完，拉住我的手就往她家里走。主人出来了，他对我说："我叫郑同庆，是北京钢铁厂的工人。您不认识我，可我跟您熟极啦。每次您的演出我都看，或者叫玲玲替我去看，录回像来我再看。"

玲玲给我们父女俩沏了茶端过来。我乘机问道："这是您闺女吗？""是呀，我让她叫我爸爸。"老郑笑着说，"生个真女儿只需怀胎10个月。生她呀，我花了一年多。她一生下来就是18岁，而且永远是18岁。""啊，这是个机器人！您的手艺可真高呀！"我赞美道。

老郑转脸对玲玲说：“买饭去吧，甲等三客。”他回过身来又对我们说：“你们两位就请在这儿吃顿午饭吧！”玲玲提了一个大饭盒出门去了。这时，墙上一幅风景画忽然褪成白色，立即又显示出街道上活动的景象。

“原来她的眼睛是摄像管。”牛牛说。老郑点了点头。“爸爸！”墙上忽然发出玲玲的叫声。我们抬头一看，只见买饭的窗口里面放满各色菜肴。“甲菜有鳝丝和鳜鱼片，要哪样？”老郑急忙回答：“要鳜鱼片。”这时，我们看见玲玲的手将一盘盘饭菜从窗口里端出来，小心地放进饭盒里。

突然，老郑叹了口气，说道：“玲玲前几天出了桩事，使我非常遗憾。有个小姑娘不知道她是机器人，拉住她的手使她不能行动，她就喷了那个小姑娘一点阿摩尼亚水……”

说话间，玲玲提着饭盒回来了。于是，镜框里仍旧恢复了那幅风景画。玲玲不慌不忙地把碗筷摆在饭桌上。大家开始吃饭时，玲玲仍在旁边站着，见谁碗里的饭吃完了，她就给添上；汤喝完了，她也给添。

我不禁称赞起来：“老郑，你这玲玲比真闺女还强呀。她什么都能干吗？”老郑说：“一般家务事她都能干。在某些方面，她确实比真闺女强，例如她能随时监视我的健康情况，会做按摩、电疗，要是发生了比较严重的病，她能和医院的电子服务部联系，求得妥善的处理办法。需吃药，她给你去把药取来。不过，她的高级智能是帮助人们做科学研究工作。她是一个最好的资料员，只要是图书馆藏书里有的资料，你要什么，她马上能告诉你或显示给你看。”

“对了，昨天晚上您的演出我还没看呢。”他吩咐玲玲说：“把昨晚上冯国庆同志演的节目放给我看看。”玲玲二话没说，伸手便去解她的上衣纽扣，就像打开车库的两扇门似的，“哗”一下把自己的胸膛打开了。只见里面空空洞洞，只有一块电视屏幕，屏幕上出现了我昨晚演出的实况。

不一会儿，节目演完了。老郑指着玲玲对我们说："现在北京就有许多这样的机器人。有的身体只有三岁小孩那么大，但是它能背起两个像我这么大的人走路。它的外壳是合金钢做的，即使是大卡车从它身上压过，也经受得住。还有用塑料做成的机器人，又轻又灵巧，只有小猫那么大。它的背上有螺旋桨，能飞。它的手特别长，照样什么活都能干……"

饭后，玲玲忙着收拾碗筷，我们也就辞别了。

《世界最高峰上的奇迹》，少年儿童出版社，1979年9月

出国之前

冷兆和

2001年3月底，我国海燕交响乐团将去维也纳参加世界音乐节。出国之前，我作为乐团的首席指挥，率海燕交响乐团来到赤霞城进行演练。离行期尚有20多天，我的好友、全国著名的外科医生王回春，邀请我们参观了全国防癌实验中心。在参观时，我不慎独自闯进了大厦的"禁区"——癌毒培养室。被警戒气熏倒之后，我打翻了一个培养器皿，胃受到胃癌3号的强烈感染，突然卧倒在病榻之上。

王回春为我动了胃切除手术，安上了人工胃。他告诉我："等我彻底清除胃癌3号的毒素后，就把你的胃浸在健胃液里，使它逐渐恢复原有的功能。以后，我再把它还给你！"

七天后，一个风和日丽的早晨，王回春拉我去观摩海燕交响乐团的彩排演出。紫色金丝绒大幕拉开了，我的助手扬起银色的指挥

棒一挥，深沉、雄浑的乐曲声响遍大厅。我随着乐章的节奏冲驰天外，忘记了自己是在音乐厅里。啊！第一乐章把我带到了滔滔长江、莽莽昆仑，我看到了富饶的大地、英雄的人民！主旋律在这一章反复出现了四次……滔滔长江，莽莽昆仑，怎么还是第一乐章呢？我感到迷惑不解，幕侧的显示屏上明明标着第二乐章嘛！“我听不到第二乐章了！”一个令人不安的阴影袭上心头。显示屏接连映出第三、第四乐章，但是，我发麻的大脑里，第一乐章的音响仍然萦绕不逝。偶尔听到几个新鲜的、跳动的音符，瞬息又印象全无。我觉得心脏一阵紧缩，额头渗出大滴的汗珠。莫非我的大脑也受到癌的侵袭，那将会造成什么样的后果呀！

面对记忆力严重失常的事实，我意识到自己已无法担任出国演出指挥了，便请人代拟电报传真稿，立即向文化部领导紧急报告，请考虑更换乐团首席指挥。不料，王回春知道此事后却说：“下结论为时过早。”他对我说：“你的音乐记忆力失常是确诊的。经过检查，在第五记忆区——第三沟和第五沟之间的部分，脑细胞几乎被胃癌3号全部损坏了，健康的细胞只剩下百分之十。不过，要恢复也并非没有希望。我打算用基因‘搭桥’的方法给你治疗。”

基因“搭桥”治疗是怎么回事呢？王回春办公室里的电子计算机告诉我：“世界上一切生物的遗传物质都是核酸。核酸是由数量和排列顺序不同的核苷酸连接而成。所谓基因，指的是在核酸分子中起编码、调节、控制作用的核苷酸顺序。什么叫基因‘搭桥’治疗呢？假如一个病人体内的器官受到严重的伤害，只剩下5%～10%的健康组织，那么只要把人工提取、合成的基因输入受病器官，使之与仅存的健康组织相结合并像发酵似地繁殖起来，而且保持着原有的功能。换句话说，手术后的诗人不仅是个健康的人，他仍然是个诗人。当然，音乐家也是如此。”

这一切是真的吗？我正在思索着，王回春已出现在电视屏幕上。他举起一个试管，里面盛着一种粉红色的生命物质。他说：“这是给你的。它们将和你的大脑一起，恢复全部的记忆细胞，但是还不具备特殊的音乐素质。等到你的记忆细胞繁殖到原有数量后，我将给你注射一种特殊的‘搭桥促进剂’。这时，老的细胞会把‘音乐’教给新细胞，像老师教学生一样，直到‘合格毕业’。相信我吧，一小时后开始进行手术，你是我治疗的第一个脑器官病人。”

在王回春的精心组织下，这次新奇的手术取得了惊人的成功。三天后，我奇迹般地重新登台了。在病房里赶装了电视转播设备，直通音乐厅。我将在斗室之中指挥海燕交响乐团的一次彩排演出。这既是一次彩排演出，也是一次医学实验。银棒一挥，乐声四起，我全神贯注于交响乐中。我感到头脑清醒，精力充沛，音乐记忆非常好。演出成功了，顿时，我感到热泪盈眶……

机场上阳光灿烂，草坪青青。我率领的海燕交响乐团即将出国了。这时，王回春告诉我：“这次手术的成功，轰动了国际医学界。我作为特邀代表，过几天也将出发去维也纳，在国际医学学术会上，报告以你为‘主角’的论文。这次学术会议有一项议程，就是参加音乐节，欣赏阁下指挥的交响乐。”

《世界最高峰上的奇迹》，少年儿童出版社，1979年9月

猎潜记

迟方　王汶

闻涛公社靠闻涛山上的泉水灌溉。在闻涛中学少年科技室里，装着一台闻涛泉监测仪，一位老师和几个同学正围着仪器在议论，

因为仪器测得水声很大而水量很小，怎么解释这种矛盾的现象呢？佟老师说，这一带的地层主要是石灰岩，缝隙很多，水声大水量小，说明有大量的水从地下河流走了。为了探明地下水的情况，佟老师和同学们一起研究探测地下河的办法。

翻过闻涛山便是青桐水库，青桐县少年宫舰船小组的孩子们，这天正在水库边试航新制的舰艇模型，林兰的导弹快艇海鲨1号正在表演，突然在它后面泛起一道水波，紧紧地追逐着，真有点像有一艘核潜艇在咬住它。林兰忙指挥导弹快艇摆脱追击，但终于被水下那个家伙赶上，快艇被顶了个底朝天。

于老师决定采用“海空”联合作战来指导小组同学探明这水下怪物：用模型飞机侦查，用模型气垫船去引诱，但水下怪物不理会气垫船，只得又派海鲨1号去一探究竟。而佟老师和闻涛中学的同学们派出地潜1号去探明地下河的情况，按规定应于第八天自动回来，可现在已进洞10天了，却杳无消息。后来终于收到微弱信号，测出它在青桐水库附近，于是师生们便乘车去寻找。途中他们遇到青桐县少年宫的于老师和林兰等同学，因为他们捕到的水下怪物身上写着“地潜1号，闻涛中学”，便把它送来了。

两支队伍一同来到闻涛中学，取出地潜1号的记忆装置，终于弄清了地下河的河流走向。地潜1号就是沿着地下河到了青桐水库，由于它身上的遥控线路和海鲨1号是同一型号，所以便接受林兰给海鲨1号的指令，咬住了海鲨1号，才使它成了青桐少年宫的俘虏。现在师生们根据地潜1号的探险记忆，明白了地下河的来龙去脉，大家兴奋地商量着如何开发地下水源，为闻涛公社造福。

《我们爱科学》，1979年第9~第11期

分子手术刀

董仁威

国庆节早晨，夏华教授接到生物工程部遗传工程局的总工程师丁丽婉的邀请，去参加分子手术试验。

接受试验的是夏华二十多年失去联系的女友孙雪萍。大学毕业时，她知道自己患有叫作视网膜和脉络膜退化症的遗传性分子病，中年后会双目失明。她不愿连累夏华，便拒绝了夏华的求爱，到山区去教书。后来成为生物数学家的夏华，和丁丽婉合作，发明了分子手术刀，经过动物试验已完全成功，可是遗传工程局局长、丁丽婉的丈夫邓健却不同意在人的身上试验。因为他自己是第一个受试者，手术后出了事故，健康受到损害，所以主张慎重。经过丁丽婉的坚持，邓健才同意了试验。

分子手术说来复杂，其实也很简单。手术时用注射器在三个小瓶里吸了一些乳白色液体，一个小瓶装的是分子手术刀——生物酶，它们能将带病的核酸分子片段切割下来，而不伤害核酸分子的健康部分。另一个小瓶装的是用核苷酸人工合成的对应的健康核酸分子片段。第三个小瓶装的是“手术缝合线”——连接酶，它将割除了有病片段的核酸分子，同新加入的对应健康分子连接起来，重新变成一个执行正常功能的整体。

孙雪萍的手术成功了，夏华向她献上野百合花，她终于答应了夏华的求婚，两人非常幸福。

《科学文艺》，1979年第3期

一顶奇怪的帽子

韩承训

班级里接连出了几件怪事，而且全都发生在一人身上。刘老师在讲语文第十五课时，孟明举手说已经教过了，并当场把课文背了出来。数学课上李老师刚出题目，他又报出答案，还讲出未教过的算式。人家说他要小聪明，老师以为他已经预先自学，他自己却一口咬定老师已经教过。

晚上我悄悄地来到孟明窗下试探秘密，只见他做完功课便去睡了。孟伯伯悄悄地进来给他戴上一顶帽子。为啥大热天要给他戴着帽子睡觉呢？我叫孟明的弟弟小机灵鬼把帽子拿出来，一看上面缀满了芝麻似的小薄片。看完后，让小机灵鬼把帽子送回去，还没给孟明戴上，屋里的灯亮了，孟伯伯进来说："难怪没信号，帽子掉下来了，快给你哥戴上。"原来秘密在帽子上。

星期天，孟伯伯叫我过去玩，在他家睡午睡。后来，孟伯伯出的数学题我都能对答如流，我自己也闹糊涂了。下午来了好多客人，李老师和刘老师也来了。他们谈论起睡眠和做梦来，孟伯伯说，利用睡眠的浅睡阶段，人为地制造一种梦境，并加深其印象，醒来后就不会忘记。这样一来，人们就可把睡眠时间也利用来学习，等于延长了人们的生命。他说这种仪器已经做出来了，叫作幻觉传感器。

第二天报纸上登了这个消息和帽子的照片，并介绍说帽子上装着成百个集成电路、上万个微型元件，组成一套完整的幻觉传感系统。它接收由控制装置发出的电讯号，并改编为幻觉讯号——主要是视觉和听觉，通过生物电流传达给相应部位的大脑组织；同时，它又不断把大脑中的幻觉活动，即梦境，重新改编为电讯号发回控

制室，以便工作人员进行监测。教学内容也可以作为信息贮存在控制装置里，并可根据监测讯号随时进行调整。这装置一旦改进成功，还能使遥控距离大幅度加长，这时就可以设置发射中心，供大规模使用了。

报上说，这个装置已经两个人试验过，一个是孟明，另一个原来是我。这才使我明白了昨天午睡后忽然聪明起来的真相。

《科学文艺》，1979年第3期

甜蜜的季节

胡永槐

在窗明几净的农场办公室里，突然响起电话铃声，省农业科学院院长来电话通知农场场长符阿芒，原定在省农业科学院举行的农作物栽培年会，本周末改在四季青种植场召开。

符阿芒出身于种蔗世家，祖祖辈辈都是种蔗能手。符阿芒20多岁时出国留学，取得了植物学博士学位。新中国诞生后，他回到了祖国，把自己的所有精力全部献给了祖国现代化种蔗事业。如今，他年逾80，白发苍苍，依然精神矍铄，不仅担任场长之职，而且还是四季青种蔗研究所的一级研究员。

到了农作物栽培年会召开的这一天，符阿芒在掌声中走上讲台，他用夹带广东口音的普通话宣读着《长根瘤的甘蔗》论文：“植物遗传工程作为一门新兴的学科，它通过培育细菌来帮助一般不能固氮的植物，使之具有自己固氮的功能。能不能让甘蔗像豆种植物一样，在根须上也长出固氮瘤来呢？这是我们的大胆设想。我们建立了一个专门实验室，进行了长年累月的攻关。”

伴随着符阿芒的话音，荧光屏上出现了实验室的情景：在一排排的试管中，根须上长满了一串串小根瘤。

这就是符阿芒按照植物遗传工程的理论，把豆科植物中根瘤菌的固氮基因“剪裁”下来，移入甘蔗的卵圆形种子细胞中去，经过千万次的筛选过程，终于创造出来一种甘蔗的新品种——长根瘤的甘蔗。

“由于生物固氮的实验成功，今年我场种下的3000亩长根瘤的甘蔗新品种，没有施过一点肥料，总产量比去年翻了一番。这就是

我们用科学和智慧换来的甜蜜的季节啊！”

听到这个喜讯，人们报以经久不息的掌声。

《南方日报》，1979年9月14日

“灭蟹诊所”见闻

李继学

为了采访治疗癌症的情况，记者来到了灭蟹诊所。治疗癌症的专家王大夫热情地接待了他。

在诊所的操纵室里，王大夫对机器人下达了命令：“对病人进行综合检查。”随即，在荧光屏上便显示出微波、超声波、红外线、放射线和可见光的综合图形，显现了患者的癌变部位。在王大夫的陪同下，记者又来到了处置室的操纵间。在那里的荧光屏上，记者清楚地看到两个患者正在兴致勃勃地下象棋，无人操纵的注射器、电子手术刀在病变部位认真地工作。王大夫告诉记者，他们生产的“希望复合核酸1号”，只要注入病变部位，就可以杀死癌细胞。

“那么，你们诊所为什么要起‘灭蟹诊所’这个怪名称呢？”记者好奇地问道。王大夫笑着说：“癌症的拉丁文原意就是螃蟹。同时，癌变组织总是向外伸出许多手脚，像螃蟹的爪子一样到处扩散。所以，我们的诊所就叫‘灭蟹诊所’了。”

《辽宁科技报》，1979年9月10日

神奇的灯

褚凤阁

高明接到一封来自科学城电光源研究所的信，拆开一看，只见一张彩色照片上是一位漂亮的姑娘，她叫林燕。信上还这样写着：“亲爱的高叔叔，我在遥远的科学城向您报告一个振奋人心的消息，您在15年前幻想的那种神奇的灯，在我们研究所已变成了现实……”

高明看到这里，不禁回忆起他在15年前写的科学幻想小说《神奇的灯》。作品描述了一个年轻的科学家，从萤火虫发光受到启发，决心研究出一种新的光源。他经过无数次的失败，终于研制出一种荧光素，涂在玻璃棒上，制成了神奇的灯。它的光线柔和，适于人的视觉。由于是化学能转变为光能，不产生热量，所以给这种灯取名“冷光灯”。他们的发明轰动了整个世界，获得了诺贝尔奖。想不到这样的一篇科幻小说，把小读者林燕的心打动了……

真没有想到，15年前那天真活泼的小姑娘，真的成了一个研究冷光源的科学家！高明使劲揉了揉因激动而流下泪水的眼睛，继续看她的来信：“经过几年的钻研，我逐渐认识和掌握了冷光，终于研制成了您所幻想的神奇的灯。当然，能够在世界上出现冷光灯，也有您的一份功劳。关于我的发明成果，工厂准备成批生产。您所期望的人类照明史上的又一次革命终于到来了……”

第二天，高明给林燕拍了个加急电报，向她表示祝贺，并告诉林燕：他决定乘坐高速列车到她那儿，亲眼看一看由幻想变成现实的神灯。

时速500千米的高速列车把高明送到了科学城。林燕早就在车站迎接了，请高明坐上了林燕驾驶的“新时代”牌小汽车，沿着平坦的大道奔驰。在车上，林燕仍然孩子般地凝视着高明，若有所思地说：“多有意思呀！完全是由于您的那篇科学幻想小说，决定我选择了今天所走的道路。您是引导我走上科学道路的启蒙者。”

高明来到科学城光源研究所的实验室里，林燕指给他看的“冷光灯”，是一根装满了淡绿色和浅黄色粉末的玻璃管。玻璃管的一端是封闭的，但有个几乎看不见的针孔；另一端接着一根很细的橡胶管，和一个罐头盒一般大小的金属圆筒连接在一起。她轻轻扭动橡胶管上的开关，玻璃管奇迹般地变得跟日光灯一样雪亮。这时，林燕介绍说：“玻璃管里的粉末，是荧光素和荧光酶。在荧光酶的催化作用下，荧光素和氧气结合，产生能量，以光的形式放射出来。这比您在幻想小说中描写的那种神奇的灯还要好。它的制作简单，但寿命要比普通灯泡长几十倍，甚至几百倍，可以使用十年以上。如果各家各户都用上这种神奇的灯，就可以节约大量的能源！”

高明感慨地说：“真是神奇的灯啊！没有想到，一篇平淡无奇的科普作品，竟然能造就出一位卓越的科学家。”

《辽宁群众文艺》，1979年10月号

鹰牌手表的秘密

戴　山　　王金海

小刚陪着爷爷，兴冲冲地赶到省体育场观看精彩的足球赛。

比赛一开始，双方就在中场展开了激烈的争夺：红队的7号队员截球后快速向前传球，劲射成功，首开纪录。“好球！”爷爷情不自禁地站起来喊道。正在这时，球场上飞来一架小型直升机，停在爷爷的头顶上空。这时爷爷发现手腕上戴的鹰牌手表发出闪闪红光，急忙对小刚说：“哟，我不能看完这场……”“球”字还没有说出口，爷爷就被直升机伸出的一双细长而柔软的机械手抱进了机舱。

“爷爷——！”小刚扬起手臂大声惊呼。飞机似乎理解小刚的心情，它又伸出机械手，将小刚也抱进了机舱……

当小刚从朦胧中清醒过来时，发现自己已站在电脑管理医院的中央监察站。监察站里唯一的值班护士是个机器人，它正在电视屏幕前观察。电视机旁的电子计算机已把爷爷的病情打印出来：“室性心动过速”，接着提出“静脉注射利多卡因50毫升”“收听3号轻音乐”的处方。机器人还安慰小刚说：“你放心吧，你爷爷明天就能出院了。”这时小刚紧张的心情才安静了下来。

原来，爷爷手腕上戴的那只鹰牌手表，是一种微型电子监护仪，它可以随时测量记录病人的体温、血压、呼吸、脉搏、心电图等生理指标。当指标超出正常值的时候，手表便会一闪一闪发出红光，同时发射出微波信号。这时，在中央监察站的接收站里，电脑显示器立刻发出告急信号，派出鹰式救护飞机进行抢救。飞机上还装有电子病情诊断仪、电子脉搏仪等现代化医疗设备，一面控制和诊断患者的病情，一面对症下药，使病人转危为安。

《南方日报》，1979年10月16日

生与死的搏斗

白锡喜

大凡做完了功课，刚要睡觉，突然从隔壁银行的院子里传来“咔嚓咔嚓”的响声。大凡从床上跃起，拿起手电筒，向隔壁院里跑去，只见一个黑影闪过，向胡同方向逃跑了。大凡打开手电筒紧追不放，那家伙趁大凡向前猛冲时，掏出匕首向大凡的心窝刺去，殷红的鲜血流了满地。

大凡躺在救护车上，凝视着前方。坐在救护车上的公安人员李叔叔，用电子照相机对准大凡的眼睛拍摄着。

医院里灯光通明。大夫、护士出出进进，十分忙碌。老院长亲自为大凡动手术，给他换了个国产的“人造心脏”，总算把大凡抢救过来了。

当大凡知道李叔叔根据在救护车上拍摄的照片，很快就抓住了这个妄图杀害他的坏蛋时，觉得非常惊奇！后来，经过李叔叔的讲述才明白：这是因为我们在看东西的时候，都是由于物体的反射光落在视网膜上，通过神经的作用才感觉到的。据光学科学家的研究，反射光落下的一瞬间，也就是千分之一秒或更短的时间内，物体的映像最清晰；所以，要在这一瞬间拍摄，使视网膜上的映像还没有模糊之前，就把它翻拍下来。当时由于大凡一心想抓住那个坏蛋，精神高度集中，反射光保存在视网膜上的时间也就长些，因此在照片上反映出来的映像就非常清晰。他们就是根据这张拍摄下来的彩色照片，很快地逮住这个坏蛋的。

《儿童时代》，1979年第19期

失踪的雪狮

嵇　鸿

爸爸从国外带回来一只奇怪的猫。它像小狗那么大，浑身上下披着雪白的毛。我给它取了个名，叫作“雪狮”。

有一天，我发现雪狮失踪了。院子里、屋子里所有的角落都找遍了，没有踪影。我准备到隔壁张伯伯家去找，一走近张伯伯的实验室，就看到雪狮偎在他的怀里。张伯伯笑着说：“你瞧，它从窗口跳下来，差点儿把我的珍贵动物吃了。你看！这些鱼不是鱼卵孵化出来的，而是鱼身上的几个细胞培育起来的……”我觉得很奇怪，鱼身上的几个细胞就能培育出鱼来吗？

过了几天，雪狮又失踪了！张伯伯听到这个消息也十分着急，帮我一起到林子里去找，后来发现灌木丛下有一撮雪白的毛，雪狮一定被野兽吃了，我伤心得哭了。张伯伯帮我收拾起那撮白毛，装在盒里，一面安慰我说：“也许你还会有一只雪狮的。”我还会有一只雪狮，这不是做梦吧！

几个月很快过去了，我还时时想念着雪狮。那天深夜，我梦中醒来，忽然听见雪狮的声音，也许是我思念所产生的幻觉吧。

第二天，我走进张伯伯的实验室，雪狮正顺从地伏在他的怀里。我愣住了，脑里闪出一个念头：我所尊敬的张伯伯竟欺骗了我。张伯伯从我的脸上看出了我对他的怀疑，便温和地对我说："你坐下，我慢慢地告诉你。我经过无数次的试验，配制成一种细胞分裂转化激素，能使一只体细胞代替胚胎细胞，经过分裂增殖，产生出其他各类的体细胞。那玻璃水箱里的鱼就是这样培育出来的。"

"当雪狮第一次来到实验室时，我就刮下了它的一些皮肤细胞来进行培养了。"

"在五十几个细胞中，有一个成功地分裂增殖了，其余的却由于各种原因先后死了。这个幸运的细胞在特别的容器里渐渐长成了一只幼小的雪狮。你还记得当时我安慰过你的一句话吗？"我想了想，答道："你曾对我说：'也许你还会有一只雪狮的'，是吗？""是的。"张伯伯把怀里的雪狮递过来，"你的雪狮确实死了，但是它的一个体细胞还活着。这是它的同一代继承者，带回去吧！"

我张开两臂，颤抖地捧着雪狮。尽管这可爱的小家伙显得有些不愿意，我却紧紧地抱住了它，生怕再失去它。

《儿童时代》，1979年第19期

保险柜里的梦

高鲁冀

霍夫曼先生的建筑方案，被西方某个权威性的建筑师协会评为最佳方案。他设计的建筑物，照明、供电和取暖完全自给，因此荣获了一等奖。在荣誉面前，霍夫曼感到有点迷茫，他仿佛经历了一场非常不愉快的梦境。

几年前，某垄断财团的董事长劳伦斯先生得到了一份情报：能源危机将席卷西方的工业国家。于是，劳伦斯命令马上动用财团的全部资金买进一切可以买到的石油，并加紧地下秘密油库的建设，把搜罗来的石油全部贮存起来。

霍夫曼先生是某宇航中心的科技人员，他的任务是解决宇宙航行中的能源供应问题。飞船要飞到那么远的宇宙空间去，需要的时间是那么长，当然不可能指望从地球上携带足够的能源，只好沿途利用太阳能。人们已经发明了用半导体材料制成的太阳能电池，这种太阳能电池能把太阳能直接转换成电能。可是此时的霍夫曼却另有创造，他设计的光敏转换式太阳能电池更加轻巧，效率提高了三倍。他还千方百计地利用座舱里的一切能量，甚至宇航员身上发出来的热量也不放过，真正做到了能尽其用。

然而，这一切丝毫也没改变地球上缺乏能源的状况。为此，霍夫曼设想，把宇航中利用太阳能和其他一切能源的研究成果，运用到地面的建筑物上，使建筑物本身具有供应居民日常生活一切需要的能源。为了得到精神上和物质上的支持，霍夫曼求见了劳伦斯，不料却遭到了大声斥责。

霍夫曼并不气馁，他把保障晚年生活的积蓄全都拿了出来，开始独自研究他的节省能源的建筑。

一个新型的建筑方案终于设计出来了：屋顶上覆盖着他发明的高效率太阳能电池，发出来的电足以供应建筑物里的照明用电和家用电器用电；墙壁夹层里充填着一种化合物，当太阳光照在墙上的时候，它吸收热量，开始熔化；到了晚上又开始凝固，放出热量使室温保持正常。更妙的是，建筑物底层还有贮存能量的设备，在炎热的夏天，可以把多余的太阳能贮藏起来供冬天使用，因而室内总是四季如春。他还设计了一套利用风力的后备装置，在没有太阳的日子，打开窗子，只要有一点儿风，都可以使它转化为电能。此外，还有沼气发生池，专门利用废弃的有机物产生沼气，提供能源。

这种能源自给式建筑，摆脱了对电力供应、煤气供应、石油供应的一切依赖，使住在里面的居民不再受能源危机的威胁，因而在评选会上，被评为最佳方案，获得了头等奖。

霍夫曼的创造在社会上引起强烈的反响。与此同时，劳伦斯的石油股票像泄了气的氢气球一样，正在悄悄地下降。于是，诡计多端的劳伦斯便亲自出马，拜访了霍夫曼，提出愿意购买这一发明的专利权，并聘请霍夫曼担任实行这一建筑规划的最高顾问。

善良的霍夫曼终于高兴地答应了。

谁知劳伦斯一回到公司，就把霍夫曼的发明图纸锁进了保险柜。

月光照进了每一扇窗户。霍夫曼睡熟了，嘴角露出一丝微笑，他梦见能源自给式建筑正成批出现在地球上。劳伦斯也睡熟了，嘴角也露出笑容，他梦见了什么？是看到了霍夫曼发觉自己的发明被锁进黑暗阴森的保险柜时的痛苦，还是看到了能源危机加深，石油价格直线上升，滚滚的钱财不断地流进他的钱库？

《我们爱科学》，1979年第11期

怪　人

胡晓林

“暴风”足球队今天将迎战巴西著名的“山托斯”足球队。两个月前，“暴风”队的中锋刘鲁在一场激战中受伤而智力下降，教练高平正在为失去了一名能冲善战的中锋而感到懊丧。迎面走来一个身材魁梧的男子，他简直不敢相信自己的眼睛，来人竟是刘鲁。高平一把将刘鲁抱住，亲昵地说了一声：“你好啦？快跟我去赛球！”刘鲁却冷冰冰地回了他一句话：“你认错人了。”

刘鲁走到一幢挂着“江海市特殊塑料研究所”牌子的白色建筑物门口，按了几次密码电钮，才走出一个男子对他说：“电子监视仪不认识你。”刘鲁吃惊地说：“‘铁卫’，我看你‘电路’出故障了！”不管刘鲁怎么解释，“铁卫”坚持要刘鲁出示证件，否则就不让他进门。

一阵急促的警铃声，又招来了两个穿白色工作服的人，刘鲁对其中一个男子说：“陈海，‘KX-3’的实验准备好了吗？”陈海听了大吃一惊，呆呆地望着刘鲁，结结巴巴说不出话来。站在陈海旁边的欧阳所长也为这事感到惊奇。他请刘鲁到办公室去谈谈。

在办公室里，欧阳所长问刘鲁：“你是谁？”“张华林。”“你是怎么知道‘KX-3’实验的？”“什么？！它是我在实验中发现的。这是一种……”没等刘鲁把话说完，陈海惊叫起来：“你难道真是王伟博士！”因为他所说的事，只有死去的王伟博士才有可能知道，但是王博士在一个月前已经病故了。这时，欧阳所长被弄得迷惑不解。

著名歌剧演员林丽结束演出后，走进自己的化妆室，突然一双有力的手从身后将她紧紧抱住，林丽惊恐地问：“你是谁？”那个人回答说：“我是你的未婚夫张华林呀。”“不，我的未婚夫张华林在三个月前的一次车祸中死去了。”林丽连忙挣脱出那双手的拥抱，并上下打量着那个陌生人。陌生人还对她说：“我为你作的《心中的歌》的钢琴曲已完成了……”“这，他怎么会知道？”林丽喃喃地自问。

法庭上，在林丽提出申诉之后，法官对那个陌生人严厉地说：“足球中锋刘鲁，你这样做是犯法的。”那个陌生人却对法官说：“我不明白你的话，不久前，我在路上碰到一个人，也叫我刘鲁……真是活见鬼。”刘鲁的这种漠然态度引起听众席上一阵骚动。这时，一对老年夫妇和高平教练从法庭外面走了进来，法官指着被告席上的刘鲁问一对老年夫妇：“你们认识这个人吗？”老妇人回答说：“是我的儿子刘鲁。”但刘鲁却说：“这是什么意思，我是个孤儿，是一位音乐家把我抚养大的。”老妇人听了，气得昏倒在她丈夫的怀里。

正在这个时候，一个人从门外冲了进来，手里晃动着一张报纸，大声念道：“死去的博士借身还魂，足球明星创造科学奇迹……”整个法庭一片混乱，法官本人也被这个离奇的案子搞得头昏脑涨，只得宣布休庭。

几天之后，法官接到一份邀请参加“江海市记忆研究所”的学术讨论会。开会的那天，讲台上站着一位40来岁的中年男子，他正在向大家介绍记忆分子：“人的思维、感情和记忆等都是由记忆分子构成的。每个人的记忆分子，结构相同，可以进行互换。不久以前，足球中锋刘鲁因脑受伤而智力下降，为了帮助他恢复记忆，给他动了手术。手术后，刘鲁惊人的音乐才能使我们大为吃惊。查了病历卡，才发现我们把从钢琴家张华林大脑里取出来的记忆分子，当作恢复记忆的记忆Ⅰ刺激素注射到刘鲁的大脑枕叶。后来，我的朋友王伟博士因急病突然去世，为了使王博士正在研究的一项重要实验能继续进行，我们又把王伟博士大脑中的部分记忆分子取出，再次转移给刘鲁……”

法官听到这里才搞明白。他喃喃自语：“这可是我生平第一次碰见的疑难案件！”

《儿童画报》，1979年第11期

XT方案

黄胜利

台风劫后的景象，将我、陈虎和斯华久别重逢的欢乐一扫而空。

斯华双手插在衣袋里，仰靠在沙发上。我的懊恼多于疑问："难道就没有办法预报台风了？"陈虎是这次台风的测报负责人，正低着头在墙边踱来踱去："看来，实施'XT方案'势在必行！"他挥动手臂，像是下了什么重大决心似的。斯华忙说："对嘛！我早就说过要在早期预报上下功夫。""不，XT是'消灭台风'的缩写。""什么？"斯华几乎不敢相信自己的耳朵。陈虎兴奋地谈起他的计划："台风如果没有热带海洋上温度高、湿度大的空气所贮藏的潜热，它就无法形成和发展。南极的冰山正可以用来消灭台风。假使我们把南极冰山拖到形成台风的太平洋中部，冰山融化就会吸收大量热量，这样台风就无法形成了。"

对于这天才的设想，我不由连连点头，表示赞同。不料，斯华却提出了一连串的问题，认为这是一个幻想。陈虎仍坚持自己的理论，双方展开了激烈的争论，结果不了了之。

两年之后，陈虎请我和斯华去观看他的一项科研成果。陈虎驾着直升机把我和斯华带到一座冰山旁的水泵船上。陈虎介绍说："请你们观看一下XT方案的成果。这座冰山是从南极拖运来的，在刚脱离南极大陆时，我们把一种不溶于水的化学剂喷洒到冰山下部，从而把占整个冰山七分之六的部位都包裹起来，这就解决了冰山在拖运途中受海水冲刷而消融的问题。"陈虎指着冰山顶部说："上面是大面积光电池薄膜，发出的电力可以用来驱动水泵，也可供给拖曳船用。同时，也起了保温隔热作用。”接着，陈虎又指着地图上的一条黑线，向我们介绍了冰山运输的路线。我听了不禁为这一创举而深深感动。

太阳沉入了铅灰色的大海，我们乘直升机回到了陈虎的家里，陈虎为我们摆起了洗尘酒。他从厨房里端出一盘水果，拿起水果刀请我们尝尝：“这是冰山的礼物。”斯华听了有点不理解。陈虎说：“冰山融化成的水，重水含量很少，用它灌溉果园，果树长得特别好。这些水果就是用冰山融化的水灌溉长出来的。”

陈虎又把从冰山上带回来的冰块投到啤酒杯里，杯子里的啤酒立刻翻起大量泡沫，“噼啪”响个不停。陈虎说：“这种冰无菌无尘，由于雪粒高度挤压，冰内含有许多高压气泡，是一种很好的饮料。”斯华兴奋地说：“真是一项科学成果，有益于各个领域。”我也处于极度兴奋之中，我们前辈所梦寐以求的美好愿望，终于实现了。

《海洋》，1979年12月号

X-6星的使者

会群　曲路

212号宇航空间站在六分钟前，发现从一颗流星上逸出一块巨大的陨石，在冲进大气层时，突然被几束强烈的蓝光束击碎，使地球避免了一次可怕的灾难。这一过程已用高速彩色录像机拍摄下来。

在电视屏幕上映出了空间站发回的彩色录像片：一块直径约四五十米的巨大陨石，斜刺着冲向地球。一旦落地，将产生比几颗原子弹同时爆炸还要厉害的后果，给人类的安全造成巨大威胁。就在这千钧一发的时刻，突然从它的右侧方出现了一个淡蓝色的发光物体，连续发出三束强烈的蓝光，直射陨石。巨大的陨石被击中，变成了无数的小碎块并燃烧着消失在夜空里。几秒钟后，一个棒槌形的飞行物以极快的速度飞出了视野。

坐在中央控制台的大屏幕立体彩色电视机前观看的李扬教授和他的两名助手——物理学家高鸿、语言学家谷文，不约而同地大声惊叫起来："啊！是飞碟！"

第二天上午，《科学时报》向全世界发表这一重要新闻，震惊了全球，引起了各国科学家、飞碟研究组织的评论和反应。李扬教授正在专心地翻阅着德国著名飞碟专家的一篇文章，文章最后写道："……从这次飞碟事件可以看出，几十年来关于究竟有无天外来客的争论，肯定论者胜利了。"

李扬教授看完文章后对我们说道："要使这种看法得到人们的公认，还需要时间和更多的证据呀！我虽然30多年来埋头钻研飞碟，并对许多世界之谜作过推断：古代遗留下来的超越时代的文明遗迹，是天外来客带来外星球文明的证据：是我们祖先早就接待过友好的宇宙人，并和他们长期共同生活过的证据。但是，我还无法描述天外来客是从哪里来的，他们在地球上如何生活，后来为什么又离去的原因。所以，我的推断还缺乏说服力。可惜，我们这次只看到了飞碟，还没有看到宇宙人。缺乏'人证'，判断就不会变成科学的结论。"我们都陷入了沉思之中。

第二天早晨，我来到了实验室。智能机器人送来了一份从甘肃省科学院拍来的传真电报：昨夜23时，嘉峪关一个业余天文爱好者发现，在古长城附近有一个圆球发出一闪一闪的蓝色光，可能与飞碟有关，请速派人前来考察。很快，我们四人乘上专用喷气直升机，来到了预定地点，站在距圆球100多米的地方，见圆球在强烈的阳光下，闪耀着淡蓝色的荧光。

我们穿上了防护服，走近大圆球。这是一个金属制成的空心球，很轻、极硬，上面刻满了神秘的符号和一幅满是大小圆点的图。我们看了半天，那些符号可能是某种文字，经过反复研究，初步弄清了这些符号所表示的意思是：我们收到你们发出的数字语言符号，看到了地球景物图片。我们非常高兴，要求与你们建立友谊。我们来到你们附近，用多种信号和你们联络，但都没有成功。最后，决定采用这种最简单的数字语言符号，画了一张星座简图。其中，那个椭圆大圈即是我们星球——X-6星，中间的大圆点是你们的星球。如果你们能看懂此信，以后请用同样语言与我们联系。待我们考察另一个星球后仍到这里来。

为了迎接X-6星上的客人的光临，在古长城脚下修建了一个圆形机场。机场里，安装了最新式的设备，还建起了宾馆、饭店、商场和邮电局。

这里住满了来自国内外的科学家、作家和记者。他们都想目睹这次神奇的会见。

约定的时间到了，在观测仪中出现了从天际飞来的淡蓝色飞碟。几秒钟后，一个足有60米长、7~8米高的巨大的飞碟，停在离我们只有100米高的上空，正是我们在电视中见到的那个飞碟！

飞碟无声地着陆了。可是，当我们走到离飞碟只有50米远的地方时，意外的事情发生了。我们的手脚突然不听使唤，仿佛被一个无形的绳索捆住似的，防护服失去了作用。我们只好后退了几步。由于一种特殊的效应所造成的障碍，使我们无法接近。瞬间，飞碟上三个圆形舷窗大亮起来。接着，在透明金属舷窗前，出现了六个高大的宇宙人。他们身高2米左右。蓝蓝的眼睛，红黑色稍长的面孔，显得十分健壮。客人们的形象，顿时使我们增加了亲切感。这时，飞碟里的客人大概也看清了我们，向我们频频招手致意。

两分钟后，双方开始了对话。

李教授问："你们常到我们这里来吗？"

"很早以前，我们的先辈常来，他们曾和你们的先辈生活在一起，把我们的知识和技术留给你们。后来，我们就几乎没有再来过。"

客人们也询问了一些情况，我们都一一做了回答。

两小时过去了，客人们表示要走了，我们知道无法挽留。飞碟起飞了，它在圆形机场的上空盘旋了几圈后，便迅速地消失在苍茫的夜空之中。

《科学时代》，1979年第1、第2期合刊